BASTEI LÜBBE

J.

Aus der Taschenbuchreihe JOHN SINCLAIR von Jason Dark sind nachstehende Romane erhältlich. Fragen Sie im Buch- oder Zeitschriftenhandel nach diesen Titeln:

Jason Dark

Anubis-Wächter im Totenreich

Horror-Roman

BASTEI LÜBBE

BASTEI-LÜBBE-TASCHENBUCH
John Sinclair
Band 73 036

Titelillustration: Agentur Norma
Umschlaggestaltung: Quadro-Grafik, Bensberg
Satz: Fotosatz Steckstor, Bensberg
Druck und Verarbeitung:
Clausen & Bosse, Leck
Printed in Western Germany
ISBN 3-404-73036-4

»Mr. Ferguson!« rief ich mit etwas gebremstem Stimmenklang, »Mr. Ferguson, melden Sie sich!«

Es tat sich nichts. Der Museumswärter gab keine Antwort. Meine Stimme verhallte in dem seltsamen Halbdunkel, das vor mir lag. Ich wußte auch nicht, wie es jetzt weitergehen sollte, denn Fergusons letzte Worte waren mir noch in guter Erinnerung geblieben, sie lagen erst fünf Minuten zurück.

»Warten Sie hier, Oberinspektor«, hatte mir der Mann gesagt. »Ich werde alles arrangieren.«

Was er arrangieren wollte, daran rätselte ich noch herum. Es stand nur fest, daß es um eine Sache ging, die mit der ägyptischen Mythologie zu tun hatte, um einen Gott, der von vielen verehrt und gleichzeitig auch gefürchtet wurde.

Um Anubis!

Man nannte ihn auch den Wächter im Totenreich. Um seine Person rangten sich zahlreiche Legenden, und noch heute sollte es Menschen geben, die an Anubis glaubten.

Was daran stimmte, wußte ich nicht. Ich konzentrierte mich zunächst auf den Museumswärter Ferguson, durch dessen Warnung ich praktisch alarmiert worden war.

Angeblich sollte es in seinem Museum spuken!

Es war keines dieser großen und gewaltigen Tempel, in der Kultur aus der Vergangenheit ausgestellt wurde, nein, das Museum mitten in London galt als überschaubar und hatte sich auf ägyptische Kunst spezialisiert. Es waren zwar wenige Originale vorhanden, dafür gute Nachbildungen, die von einheimischen Künstlern geschaffen worden waren. Von Schülern und Studenten war das Museum tagsüber gut besucht. Die alten Ägypter konnte man als »in« bezeichnen.

Und jeder Besucher wollte soviel wie möglich über diese Kultur wissen.

Ich war gekommen, um etwas über den seltsamen Spuk herauszufinden. Dabei sollte mir Gene Ferguson helfen.

Nun war er verschwunden.

Ich schaute auf meine Uhr und stellte fest, daß bereits wieder eine Minute vergangen war.

Laut genug hatte ich gerufen, und Ferguson hätte mich eigentlich hören müssen, aber er war nicht gekommen. Etwas hatte ihn daran gehindert, und um welchen Grund es sich dabei handelte, das wollte ich unter allen Umständen herausfinden.

Noch hatte ich mich nicht bewegt, stand starr auf dem Fleck, schaute nach vorn und lauschte.

Nachts kann ein Museum unheimlich wirken. Besonders in den Gängen und Hallen, die nicht beleuchtet waren, lauerte etwas, das man nicht so ohne weiteres erfassen konnte. Vielleicht war es ein gewisser Hauch der fernen Vergangenheit, die in der Dunkelheit besonders zu spüren war, denn diese Ausstellungsräume besaßen stets eine besondere Atmosphäre.

Da hallte jeder Schritt, da gab es Echos, die irgendwo in der Tiefe verklangen und mir wie Antworten vorkamen. Schatten bekamen eine besondere Bedeutung, als wären die Geister der hier ausgestellten alten Gegenstände wieder zu einem finsteren Leben erwacht.

Ich machte mir allmählich Sorgen. Ferguson hätte mich hören müssen. Daß er sich nicht meldete, mußte einen Grund haben. Vielleicht war ihm etwas passiert.

Ich räusperte mir die Kehle frei und setzte mich in Bewegung. Vor mir lag ein Gang, der zu einem breiten Türdurchbruch führte. Was dahinter lag, wußte ich nicht, Ferguson war dort verschwunden. Die Beretta ließ ich noch stecken, als ich behutsam einen Fuß vor den anderen setzte. Ich wollte so wenig wie möglich gehört werden. Der blankgescheuerte Boden half mir dabei sehr, zudem trug ich weiche Sohlen, so daß meine Schritte von mir selbst kaum zu hören waren.

Ich schlich dem Durchbruch entgegen und sah in die graue Dunkelheit hinein.

Kein Lichtstrahl zerschnitt sie. Durch die großen Fenster, die sich an den Wänden abzeichneten, drang auch kaum Helligkeit, denn die seltsame graue Nacht draußen ließ so gut wie kein Licht herein.

Ich sah die Ausmaße dieses Ausstellungsraums zwar nicht, aber ich fühlte irgendwie, daß ich mich in einer großen Halle befand.

Nach weiteren zwei Schritten blieb ich stehen und schaute in die Runde. Von den in der Nähe ausgestellten Gegenständen entdeckte ich nur Umrisse. Es waren Figuren der unterschiedlichsten Größen. Manche in der Höhe so groß wie ein ausgewachsener Mensch, andere wiederum kleiner. Einige waren durch Kästen geschützt, die ebenso wie die Ausstellungsstücke auf einem Sockel standen.

»Mr. Ferguson!«

Noch einmal rief ich den Namen des Mannes. Allerdings nicht laut, sondern zischend. Falls er sich hier noch aufhielt, mußte er mich gehört haben.

Und er hatte mich vernommen.

Plötzlich hörte ich ein seltsamen Geräusch. In der Dunkelheit bekam es zusätzlich einen unheimlichen Touch. Auf irgendeine Art und Weise erinnerte es mich an ein Kratzen und Schleifen. Es war vor mir entstanden und drang aus der Finsternis an meine Ohren.

Wohl war mir nicht, denn ich rechnete mit dem Schlimmsten. Ich hakte die große Taschenlampe von meinem Gürtel los und schob mit dem Daumen den Kontaktknopf in die Höhe. Augenblicklich fiel ein weißer, heller Strahl in den Raum und zeichnete einen runden Fleck auf den Boden.

Ich ließ den Fleck wandern. Er berührte Sockel und strich über die großen Figuren, als wollte er sie zu einem geisterhaften Leben erwecken.

Für die Kunstwerke hatte ich keinen Blick. Meine Suche galt dem Museumswärter.

»Mr. Ferguson!«

Mein Gott, er mußte doch antworten.

Abermals vernahm ich kein Geräusch. Ich bewegte meinen Arm nach rechts, weil ich es endlich wissen wollte, und hielt plötzlich die Luft an, denn ich hatte etwas gesehen.

Ferguson lag auf dem Boden.

Es war ein Bild, das mich erschreckte, denn ich mußte feststellen, daß ich es wahrscheinlich mit einem Toten zu tun hatte. Er war auf schlimme Art und Weise gestorben, und der helle Lichtkegel enthüllte gnadenlos und grausam das Bild.

Ferguson lag auf der Seite. Dabei hatte er seinen Kopf noch zurückgedrückt. Die Züge waren eingefroren, verzerrt, der Mund stand offen, die Augen blickten glasig, und dort, wo sich seine Kehle befand, sah ich das Allerschlimmste.

Blut! Dunkles, sprudelndes Blut, das aus einer großen Wunde rann, die ihm jemand gerissen hatte.

Ich war erstarrt und geschockt. Damit hätte ich nie gerechnet. Wie konnte so etwas nur geschehen? Und wer zeichnete für diese Scheußlichkeit verantwortlich?

Bisher hatte ich ihn nur aus einer gewissen Entfernung angeschaut. Ich wollte näher heran, denn ich mußte einfach feststellen, wie er gestorben war, und vielleicht lebte er auch noch.

Neben ihm kniete ich nieder. Von oben her fiel der Schatten einer Figur auf uns, und ich schaute in die gebrochenen Augen eines Toten. Nein, da war nichts mehr zu machen. Diesen Menschen hatte es voll erwischt. Er war auf grauenvolle Art und Weise gestorben. Die Geräusche, die ich vernommen hatte, gehörten praktisch in die letzten Sekunden seines Lebens.

Ich schüttelte mich. Vorwürfe machte ich mir, weil ich den Besuch nicht ganz ernst genommen hatte. Nun war er zu einem tödlichen Ernst geworden, und ich dachte automatisch daran, daß ich den Mörder nicht gehört hatte.

Befand er sich noch im Museum?

Bei dem Gedanken daran, zog sich mein Magen zusammen. Ich mußte schlucken, und über meinen Rücken rann eine Gänsehaut. Wenn meine Annahme stimmte, lauerte er sicherlich auch auf mich.

Die Lampe bildete eine weiße Insel inmitten der Dunkelheit. Sie gab auch einen guten Zielfleck ab. Daran mußte ich ebenfalls denken, als ich am Boden kniete.

Sofort huschte ich zur Seite, stand auf und hob dabei zwangsläufig auch den Arm mit der Lampe.

Der Strahl wanderte, als ich meine Hand bewegte. Er fiel auch über die Figur, die einen Schatten auf den Toten und mich geworfen hatte. Jetzt sah ich sie genauer und stellte fest, daß es sich bei ihr um eine aus Stein gefertigte Abbildung des Gottes Anubis handelte.

Er wurde stets in der Form eines Schakals dargestellt. Hier war es nicht anders. Der Schakal stand auf einem Sockel. Das versteinerte Tier sah aus wie ein großer Hund, der seinen Körper vorgestreckt und das Maul geöffnet hatte, als wollte er einen klagenden Laut ausstoßen, der in der Weite einer Wüstennacht verhallte.

Das alles nahm ich wahr und fand es auch völlig normal. Etwas anderes aber war unnormal. Es versetzte mir sogar einen Schock, der mich tief traf, denn damit hätte ich nicht gerechnet.

Die Schnauze des Schakals war blutverklebt!

*

Ich hielt den Atem an und schüttelte den Kopf. Im ersten Augenblick glaubte ich noch an eine Täuschung, leuchtete direkt auf das Maul und sah mich bestätigt.

Im Licht des hellen Kegels schimmerte das Blut dunkelrot, hatte sich am hinteren Rand der Schnauze gesammelt und tropfte von dort langsam zu Boden.

Ich hörte dieses leise Pitschen, und in meinem Innern verkrampfte sich etwas.

War dieser Schakal der Mörder?

Normalerweise unmöglich, wobei ich dieses Wort aus meinem Repertoire gestrichen hatte. Mir war so viel untergekommen, daß ich praktisch mit allem rechnen mußte.

Vorsichtig streckte ich die Hand aus und berührte die Figur. Ich rechnete damit, auf kalten Stein zu fassen, wurde jedoch enttäuscht, denn die Figur fühlte sich seltsam warm an, als würde Leben in ihr stecken.

Ein lebendiger Stein. Sogar ein Killer. Damit mußte ich fertigwerden.

Mit den Fingerspitzen strich ich über das erstarrte Fell, und ich näherte meine Hand auch dem Kopf.

Da spürte ich die Bewegung!

Blitzschnell zog ich den Arm zurück, ging selbst einen Schritt nach hinten und leuchtete nur Anubis an.

Der helle Strahl traf genau seinen Schädel, der vorgestreckt über den Rand des Sockel hinwegschaute. Auch die Augen wurden von dem Lichtstreifen berührt.

Kleine, heimtückische Kugeln inmitten des Kopfes. Sie erinnerten mich an kalte Perlen, die leblos zu sein schienen, dennoch voller Leben steckten, denn sie schauten mich tükkisch und gnadenlos an.

Hatte ich wirklich einen Mörder vor mir?

Ich hielt den Atem an, weil ich plötzlich die Bewegung der steinernen Anubis-Figur auf dem Sockel vor mir sah. Der Schakal drehte und schüttelte den Kopf, und sein Fell sträubte sich dabei, so daß die einzelnen Härchen so wirkten, als würde ein unsichtbarer Kamm über sie hinwegstreichen.

Seine Flanken zitterten, die Beine ebenso, und ich wechselte die Taschenlampe in die linke Hand, um mit der rechten meine mit Silberkugeln geladene Beretta zu ziehen.

Wenn der Schakal sprang, wollte ich feuern!

Noch hielt er sich zurück. Er blieb auf dem Sockel, zitterte weiter und drehte den Schädel so, daß er mich aus seinen kalten, gefühllosen Augen anstarren konnte.

Noch immer rann das Blut aus seinem Maul. Das Geräusch der fallenden Tropfen ging mir unter die Haut. Ich empfand es als schlimm, biß die Zähne zusammen und wartete auf einen Angriff.

Der Schakal sprang. Im ersten Moment war ich erschreckt, denn nichts hatte seine Reaktion zuvor angedeutet. Der graue Körper wuchtete auf mich zu, und ich sah das gefährliche Augenpaar rasend schnell näher kommen.

Ich schoß.

Im Vertrauen auf meine geweihten Silberkugeln blieb ich stehen, sah auch die Projektile in den Körper einschlagen.

Die Kugeln stoppten ihn nicht. Und ich mußte weg, sonst hätte er mich voll erwischt.

Unter dem fallenden Körper tauchte ich her, drehte mich dabei zur Seite, schwenkte die Lampe und sah, daß diese jetzt lebende Steinfigur weich und auf allen vier Pfoten landete.

Für einen Moment blieb der Schakal hocken. Er rührte sich nicht, war regungslos und kreiselte dann herum.

Mir war in diesen Augenblicken klargeworden, daß ich mit geweihten Silberkugeln nichts bewirken konnte. Damit war er nicht zu töten, und ich steckte die Beretta wieder weg.

Es lag noch nicht lange zurück, da hatte ich eine Begegnung mit der altägyptischen Mythologie gehabt. Damals lernte ich Bastet, die Katzen-Göttin, kennen, als sie einen schrecklichen Rachefeldzug durchführte und sie erst durch mich gestoppt werden konnte.*

Und zwar durch mein Kreuz!

Ich erinnerte mich deutlich an die Szene, als ich die Stimme des obersten Gottes der Ägypter, des Osiris, hörte, und ich dachte auch noch an das gewaltige Allsehende Auge.

Das gleiche befand sich auf meinem Kreuz!

Deshalb zögerte ich keine Sekunde länger, denn der unheimliche Schakal würde es mir zeigen wollen. Ich sollte sein zweites Opfer werden. Bevor er sprang, tauchte ich in das Dunkel der Museumshalle und löschte die Lampe.

Hinter einer hohen Statue, die zusätzlich noch auf einem Sockel stand, fand ich Deckung, außerdem die Zeit, die ich benötigte, um die Kette über den Kopf zu streifen.

Endlich hielt ich das Kreuz in der Hand.

Und war erstaunt.

Das Allsehende Auge leuchtete in einem seltsamen Grün. Es schien die in diesem Raum lauernde Magie genau zu spü-

*Siehe John Sinclair Nr. 288: »Die Katzen-Göttin«

ren und reagierte dementsprechend, so daß ich das Leuchten auch als eine Warnung auffaßte.

Der Schakal würde kommen.

Ich sah ihn nicht, dafür hörte ich ihn.

Er ging sehr langsam, und das Tappen der Pfoten auf dem blanken Boden war deutlich zu vernehmen. Angst im direkten Sinne hatte ich nicht, wohl ein seltsames Gefühl, das in einer Gänsehaut mündete.

Das Tappen veränderte sich. Es wurde lauter, und der Schakal geriet immer mehr in meine Nähe.

Ich nahm wieder die Lampe, hielt das Kreuz dabei ebenfalls fest und fühlte mich selbst wie unter Hochspannung stehend. Aus der Stärke des Geräusches konnte ich ungefähr feststellen, wie weit der Schakal noch von meinem Standort entfernt war.

Ein paar Sekunden ließ ich verstreichen, dann startete ich. So lautlos wie möglich drehte ich mich aus der Deckung hervor, schaltete die Lampe ein, richtete den Strahl in die Dunkelheit und genau dorthin, wo ich das Geräusch vernommen hatte.

Ich traf ihn.

Der Lampenkegel blieb praktisch auf der Schnauze des unheimlichen Tieres kleben, und bevor der Schakal reagieren konnte, warf ich das Kreuz.

Zwar drehte das Tier noch ab, aber es entging dem Treffer nicht. Mein Kruzifix fiel genau auf dessen Rücken und hakte sich im Fell fest.

Was nun folgte, war makaber, gleichzeitig auch faszinierend. Das Tier stand für einen Moment wie zu einem Eisblock erstarrt. Es begann zu zittern, öffnete sein Maul noch weiter, und im nächsten Augenblick drang ein Schreien aus seiner Kehle, wie ich es noch nie zuvor vernommen hatte. Es war ein gewaltiger Ur- oder Todesschrei, den der Schakal mir entgegenheulte, und das gesamte Museum schien davon ausgefüllt zu sein. Grauenhaft.

Ich stand starr auf der Stelle und schaute zu, wie der unheimliche Mörder verging.

Plötzlich umtanzten ihn Blitze wie ein Mantel. Er riß noch den Kopf in die Höhe, und im nächsten Augenblick hüllte ihn ein kaltes grünes Feuer ein, das ihn radikal vernichtete.

Der Schakal wurde zu Staub. Vor mir befand sich nur mehr ein Häufchen Asche. Mehr war von ihm nicht zurückgeblieben. Das Kreuz lag daneben, wobei sich das Glühen des Allsehenden Auges allmählich abschwächte und das Kruzifix schließlich wieder so aussah wie zuvor.

Alles war normal.

Bis auf den Toten und den vernichteten Schakal, das Sinnbild des Gottes Anubis.

Ich stand für einen Moment starr und dachte nach. Eigentlich hatte ich es nicht ernst genommen, als Ferguson anrief und von seltsamen Geräuschen sprach. Ich war auch nur hingefahren, weil ich an diesem Abend wirklich nichts vorhatte, und jetzt steckte ich inmitten einer brandheißen Sache, die sich möglicherweise zu einem wahren Flammenherd ausdehnen konnte.

Tief holte ich Luft. Vielleicht hätte mir Ferguson mehr sagen können, leider konnte er nicht mehr reden. Es half nichts, dieser Fall mußte vorerst seinen normalen Gang nehmen, deshalb ging ich in das kleine Büro, das dem Museum angeschlossen war und entdeckte dort auch ein schwarzlackiertes Telefon auf dem Schreibtisch.

Gern hätte ich meinen alten Freund und Spezi Chiefinspektor Tanner an den Tatort zitiert, doch dieser Bereich, in dem der Mord geschehen war, fiel nicht in sein Revier.

Überlaut vernahm ich den Summton in der engen Kabine. Es roch nach Essen und Schweiß.

Mit knappen Worten bestellte ich die Mordkommission her. Ihr Chef lag zu Hause mit einer Grippe im Bett. Der Stellvertreter kannte mich nicht. Seine Stimme klang dienstgeil und forsch. Der Mann versprach, so rasch wie möglich zu kommen.

Ich ging wieder an den Tatort zurück. Nur hatte ich keine Lust, weiterhin im Dunkeln zu bleiben und suchte nach dem zentralen Lichtschalter.

Als ich ihn herumgedreht hatte, flammte in allen Räumen die Beleuchtung auf. Helligkeit, die in den Augen schmerzte, füllte jedes Zimmer aus.

In aller Ruhe konnte ich mir die einzelnen Ausstellungsstücke betrachten. Es waren Nachbildungen alter Masken, Inschriften und Figuren. In jedem Raum stand auch eine Sonne, das Zeichen des obersten Gottes Re, eben des Sonnengottes.

Sehr genau schaute ich mir die einzelnen Dinge an. Allerdings entdeckte ich nirgendwo einen Beweis, der auf etwas Schwarzmagisches hingedeutet hätte. Und dennoch lebte oder hatte diese Abbildung des Gottes Anubis gelebt.

Wie war das möglich?

Der Begriff von der Laus, die man sich in den Pelz gesetzt hatte, fiel mir ein. Alle anderen Gegenstände waren normal, nur dieser eine nicht. Wie kam das?

Wer hatte sie hergeschafft?

Das war die zentrale Frage. Ich mußte mir darüber klarwerden. Meiner Ansicht nach war sie aus Ägypten gekommen, und dieser Spur wollte ich nachgehen.

Die Wartezeit verkürzte ich mir, indem ich eine Zigarette rauchte. Die Stille im Gebäude war fast fühlbar. Sie lag auf und über mir wie eine große Glocke. Erst jetzt spürte ich die Wärme, die sich in dem Raum ausgebreitet hatte. Die Innenflächen meiner Hände fühlten sich feucht an, und ich wurde das Gefühl nicht los, nicht allein in diesem Komplex zu sein.

In einem Standaschenbecher drückte ich meine Zigarette aus. Danach durchwanderte ich noch einmal sämtliche Räume. Gedämpft klangen meine Schritte. Ich horchte, war gespannt und auch innerlich erregt, aber ich hörte nichts, das mich hätte beunruhigen können.

Dennoch glaubte ich fest daran, daß irgend etwas in der Nähe lauerte, das eventuell zu einer großen Gefahr hochwachsen konnte.

Alles hatte ich besichtigt, nur den Keller nicht. Es mußte einfach einen geben. In diesem alten Gebäude gehörte so etwas dazu. Deshalb suchte ich nach dem Eingang und fand ihn auch. Eine breite Treppe führte hinab. Im Licht einer Dekkenlampe sah ich die Stufen feucht glänzen.

Sie waren breit, an den Rändern zum Teil ausgetreten. Auf den Wänden rechts und links lag Schimmel.

Eine andere Welt hielt mich umfangen. Nicht mit der zu vergleichen, die sich über meinem Kopf befand, obwohl die Räume dort auch mit den merkwürdigsten Gegenständen aus- und angefüllt waren.

Der Keller war in große, saalartige Räume unterteilt.

Zahlreiche Kisten lagerten in dem ersten Kellerraum. An ihrer Form und an der Größe stellte ich fest, daß es sich um Überseekisten handeln mußte. Die Aufschriften auf den Kisten bestätigten meine Vermutung. Die meisten stammten aus Ägypten.

Ägyptische Magie hatte ich erlebt, und in einen magischen, ägyptischen Kreislauf war ich durch den schrecklichen Mord hineingeraten. Bisher hatte ich fest daran geglaubt, nicht allein in dem Museum zu sein. Und dieser Glaube wurde bestärkt.

Aus einer Kiste drangen Geräusche. Zunächst nur ein Kratzen, dann ein dumpfes Klopfen!

Ich holte tief Luft.

Nur zwei Schritte benötigte ich, um die Kiste zu erreichen. Neben ihr blieb ich stehen, klopfte dagegen und bekam auch Antwort.

Die Person im Innern der Kiste wußte jetzt Bescheid.

»Bleiben Sie ruhig und bewahren Sie die Nerven!« sagte ich, wobei meine eigene Stimme durch das Gewölbe hallte. »Ich werde Sie hier rausholen.«

»Ja, schnell!«

Ein Mann hatte gesprochen. Ich schaute mir den Deckel und den Verschluß genau an. Es war keine Schwierigkeit, die Kiste zu öffnen, ich mußte nur einen Riegel zur Seite ziehen. Es gelang.

Ich hörte die befreit klingende Stimme des Mannes. »Endlich.« Ich schaute nach unten. Der Mann lag auf dem Rücken. Gefesselt war er nicht, aber er hatte einiges abbekommen, denn in seinem Gesicht entdeckte ich Blutspritzer.

»Endlich!« stöhnte er und ließ sich von mir auf die Beine helfen. Ich mußte ihn stützen, weil er noch ziemlich unsicher war. Ein schon älteres Gesicht schaute mich an. Der Mann hatte weißes Haar und einen ebensolchen Bart.

»Danke!« keuchte er. »Danke, daß Sie sich bemüht haben! Ohne Sie wäre ich wahrscheinlich erstickt.« Er hob ein Bein, stemmte es auf den Rand und verließ die Kiste. Tief atmete er durch. »Herrlich, diese unverbrauchte Luft.«

»So ungefähr.« Ich war natürlich gespannt, um wen es sich bei ihm handelte und wartete zunächst ab, auch wenn es mir schwerfiel.

»Dieser verfluchte Hund!« knurrte er, »hat mich einfach niedergeschlagen.«

»Von wem sprechen Sie?«

»Ferguson.«

»Hatte er einen Grund?«

»Nein, eigentlich nicht. Aber wenn ich ihn in die Finger kriege . . .« Er schüttelte den Kopf. »Dabei hatte ich ihn gewarnt.«

»Und jetzt ist er tot«, erklärte ich.

»So kommt das, Mister. Er ist . . . « Der Mann fuhr herum. »Was sagten Sie da?«

»Ferguson ist tot.«

»Mein Gott.« Er schlug sich gegen die Stirn. »Das darf doch nicht wahr sein.«

»Es stimmt aber.«

»Oh, verflucht.« Er ging zwei Schritte weg und ballte die Hand. »Hätte ich das nur geahnt.«

»Ich glaube, Sie sind mir eine Erklärung schuldig, Mister«, sprach ich ihn an.

Er drehte sich um. »Wieso?«

Ich hielt meinen Ausweis bereits in der Hand. »Scotland Yard. Und ich bin nicht zufällig hier.«

»Nein?«

»Wer sind Sie?«

»Ich heiße James Barkley. Professor Barkley. Ich bin Ägyptologe und beschäftige mich vor allen Dingen mit der altägyptischen Geschichte. Deshalb interessiert mich dieses Museum auch so. Obwohl die meisten Gegenstände nicht echt sind. Aber ich wollte schauen, was man da zusammengetragen hat. Und da fiel mir eine Statue des Totengottes Anubis auf.«

»Die habe ich auch gesehen.«

»Sie ist gefährlich«, flüsterte der Mann. »Sehr gefährlich sogar. Ich weiß es und kann es auch beweisen.«

Ich schüttelte den Kopf. »Nicht mehr, Professor. Die Statue des Anubis ist zerstört worden.«

Er öffnete den Mund. Das Staunen breitete sich auch auf seinem von zahlreichen Falten durchzogenen Gesicht aus. »Wieso das?« flüsterte er. »Wer hat sie zerstört?«

»Ich habe es getan!«

Das krächzende Lachen drang über seine Lippen, während er den Kopf schüttelte. »Das glaube ich nicht. Welcher Mensch hat schon die Macht, eine Statue des Totengottes Anubis zu vernichten? Sie war ein ... ein ...« Ihm fehlten einfach die Worte. »Sie war ein besonderes Stück. Wunderbar ausgereift, ich habe sie aus dem tiefsten Ägypten mitgebracht. Verstehen Sie? Aber erst jetzt wurde mir bewußt, in welch einer Gefahr die Menschen schweben, die mit ihr in näheren Kontakt kommen.«

Ich hob die Hand. »Langsam, langsam. Wie war das?«

»Ja, ich habe die Statue aus Ägypten hergeschafft. Sie sollte hier ausgestellt werden. Nur wurde mir später klar, daß es sich bei dieser Figur zwar um eine aus Stein gehauene handelte, sie aber dennoch voller Leben steckte. Ägyptische Magie, die Tausende von Jahren überlebt hat, verbarg sich in ihrem Innern.«

»Weshalb wurden Sie niedergeschlagen?« wechselte ich das Theme.

»Weil mich dieser Ferguson für einen Einbrecher hielt. Für irgendeinen Idioten, der an seine Schätze heranwollte. So müssen Sie das sehen, Mr. Sinclair.«

»Dann hat er mich angerufen.«

»Wegen mir?«

Ich schüttelte den Kopf. »Das glaube ich nicht so recht, daß er es nur wegen Ihnen getan hat, Professor. Er mußte etwas von der Magie des Anubis gespürt haben und bekam Angst.«

Barkley nickte. »Ja, das kann ich mir denken, Mr. Sinclair. Sogar sehr gut, wie Sie sich vielleicht vorstellen können.« Er atmete tief ein. »Ich will Ihnen ehrlich sagen, wir haben hier einen Stein ins Rollen gebracht, der eine ganze Lawine mitreißen kann, und es wird ein Gepolter geben, das Tote erweckt.«

So blumenreich dieser Mann auch gesprochen hatte, den Kern des Problems hatte er getroffen. Es würde in der Tat eine Lawine geben, die alles mit in die Tiefe reißen konnte, denn nicht zum erstenmal wurde ich mit den Kräften altägyptischer Magie konfrontiert. Ich hatte mich stets sehr schwer getan und hart kämpfen müssen, um gegen Feinde aus diesem Bereich bestehen zu können.

Was nun auf mich zukam, wußte ich nicht, aber Professor Barkley würde mir sicherlich dabei helfen können.

»Können Sie von Beginn an berichten?« fragte ich.

»Glauben Sie mir denn?«

»Ich würde es an Ihrer Stelle darauf ankommen lassen.«

Er hob die Schultern, schaute sich um und sagte: »In dieser Atmosphäre fühle ich mich unwohl. Wie wäre es, wenn wir woanders hingingen?«

»Der Vorschlag ist nicht schlecht«, gab ich zu. »Nur muß ich da leider eine Konzession machen, denn ich habe die Mordkommission alarmiert. Sie wird bald eintreffen.«

»Haben *Sie* Ferguson getötet?«

»Nein, ich nicht.«

»Da ich es auch nicht war, muß es einen Dritten geben, der über alles Bescheid weiß.«

Ich lächelte knapp.

»Es hat ihn gegeben, Professor. Und zwar die Statue des Anubis.«

James Barkley atmete stöhnend aus, hustete sich frei und keuchte: »Also doch. Dann hat . . .«

»Genau«, unterbrach ich ihn. »Die Statue des Anubis ist erwacht und hat Ferguson getötet . . . «

*

Wenn der Wind den Geruch von Fäulnis aus den Kloakenfeldern mitbrachte, wußten die einheimischen Fellachen genau, daß sich ein Wetterumschwung anbahnte.

Zumeist gab es kurze, heftige Gewitter, manchmal auch einen Sandsturm, der tonnenweise Sand aus der Wüste heranschleppte und die feinen Körner wie einen prasselnden Regen über die Felder und Dörfer zu beiden Seiten des großen Stromes ergoß.

Der längste Fluß der Erde lag wie ein See in der Nacht. Von einem tiefen Blau war die Farbe des Himmels. Der Wind wehte nur schwach. Er fuhr wie mit geisterhaften Armen über die Oberfläche des Stroms und kräuselte diese zu einem Wellenmuster.

Die Nacht verschluckte viele Geräusche. Nur das Klatschen der Wellen, wenn sie am Ufer ausliefen, war zu hören. Hin und wieder quakten auch Kröten oder Frösche, ansonsten war es still, denn auch die Tiere merkten, daß etwas in der Luft lag, und sie suchten Verstecke auf. Kaum ein Fisch sprang noch aus dem Wasser, um anschließend mit elegantem Schwung wieder hineinzutauchen.

Eine trügerische Ruhe lag über dem breiten Strom.

Auch die Fischer sahen zu, daß sie mit ihren einfachen Booten die schützenden Häfen in den Kanälen am Ufer des

Nils erreichten. Sollte tatsächlich ein Sturm losbrechen, waren Mensch und Boot sonst durch nichts mehr geschützt.

Der Nil konnte leicht zu einem gewaltigen Meer werden, das seine Wellen hochwarf und vieles unter sich begrub.

Auch Sadir, einer der zahlreichen Fischer, schaute besorgt zum Himmel. Noch trieb sein Boot mit nur leicht geblähtem Segel auf den Wellen, aber das konnte sich sehr schnell ändern.

Sadir stand an Deck, schaute hoch zu den Sternen und schnupperte gegen den Wind. Er wußte aus Erfahrung, wann etwas Neues auf ihn zukommen würde, und seiner Meinung nach konnte es sich nur um einen bevorstehenden Sandsturm handeln.

Auf eine Zeit wollte er sich nicht festlegen. Es konnte Stunden dauern, aber auch sehr schnell gehen. Jedenfalls war es ratsam, den Hafen anzulaufen.

Er schaute über Bord. Zur Strommitte hin, wo sich die Untiefen befanden und der Nil sehr gefährlich war, überschlugen sich die Wellen. Hervorgerufen durch die Schraube eines Patrouillenbootes der Armee. Sie lagen immer auf der Lauer, denn die letzten Kriege waren noch nicht vergessen, auch wenn zwischen Israel und Ägypten ein Friedensvertrag geschlossen war. Die Wogen erfaßten das Fischerboot, hoben es hoch, schickten es wieder zurück in Wellentäler und ließen es tanzen, bis sich das Wasser verlaufen hatte.

Mit der Ausbeute an Fischen war Sadir nicht zufrieden. Es wurden immer weniger, je mehr der große Fluß verschmutzte. Niemand nahm Rücksicht. Abwässer flossen in den Strom, aber wo kein Kläger war, da gab es auch keinen Richter.

Irgendwann in naher Zukunft würde Sadir arbeitslos sein.

Das hatte er dann der so hochgepriesenen Zivilisation und deren Auswüchsen zuzuschreiben.

Er seufzte noch einmal auf und kletterte in den Bauch des kleinen Fischerbootes. Hier unten, wo es feucht, muffig und auch nach Öl sowie faulen Fischen roch, arbeitete Ghamal, Sohn des Sadir. Er war jetzt achtzehn Jahre alt geworden, hatte vier Jahre die Schule besucht und war danach mit seinem Vater rausgefahren. Ghamal saß zwischen den Holzbottichen. Fast bis zum Rand waren sie voll mit Fischen, deren Leiber silbrig glänzten, aber die Fülle hatte nichts zu bedeuten.

Gebückt blieb Sadir stehen. »Was sagst du zu dem Fang?«

Ghamal drehte seinem Vater das Gesicht zu. Die Geste, mit der er die Schultern hob, wirkte hilflos. »Es sind zwar viele Fische, mehr als am gestrigen Tag, aber die meisten können wir wegwerfen. Sie sind krank, Vater.«

Sadir nickte betrübt. »Ich hatte es mir schon gedacht. Wir werden den Fluch der Technik nicht los.«

»Kann man nichts machen?«

»Nein. Mir scheint es, daß Allah uns verlassen hat, mein Sohn, und das ist schlimm genug.«

»So darfst du nicht reden. Es gibt bestimmt eine Hoffnung.«

»Die ist immer da, aber nicht für uns Fischer.«

Ghamal stand auf. Er trug eine zerschlissene Hose und darüber ein Hemd, dessen Saum bis in seine Kniekehlen fiel. »Ich glaube, daß es sich ändern wird.«

»Wie kommst du darauf?«

Ghamal mußte zu seinem Vater hochblicken. »Die alten Götter werden es sich nicht gefallen lassen, daß man den großen Fluß zerstört, der schon vor 5000 Jahren sein Bett gefunden hat. Das kannst du mir glauben. Ich habe die Zeichen erkannt.«

»Welche Zeichen?«

»Anubis!«

Sadir zuckte zurück. »Sprich den Namen nicht aus!« hauchte er und schaute sich um, als würden irgendwo Zuhörer lauschen. »Es ist gefährlich, ihn zu erwähnen.«

»Ich mache es trotzdem. Anubis wird vieles richten. Er hat die Toten als Wächter begleitet, er wird sie wieder zurückholen. Ich spüre es, ich habe Zeichen gesehen.«

»Welche?« fragte Sadir gespannt.

»Ich sah in der letzten Nacht einen Kopf«, wisperte der Junge.

»Den des Schakals?«

»Ja. Und er schwebte über dem Wasser. Er stand dort wie ein Mond. Grün leuchtete er. Ich konnte sogar in seine Augen schauen, fiel auf die Knie und senkte den Blick.« Ghamal verstummte.

Sadir räusperte sich. »Weiter, mein Sohn, berichte weiter! Was geschah dann?«

»Als ich mich wieder aufrichtete und über das Wasser schaute, war der Kopf verschwunden.«

Der Alte nickte. Zwischen den beiden stand für eine Weile das Schweigen. Schließlich räusperte sich Sadir. »Mit wem hast du schon darüber gesprochen?«

»Bisher nur mit dir.«

»Dann werde ich es auch für mich behalten. Ich wünsche mir vieles, aber nicht die Zeichen des Schreckens. Anubis soll die Seelen über den Totenfluß begleiten. Mehr auch nicht. Ich kann ihn hier nicht gebrauchen. Nicht mehr. Wir müssen die Götter ruhen lassen.«

»Sie werden dich nicht fragen, Vater!«

»Leider nicht, aber . . .«

Ghamal faßte seinen Vater an der Schulter. »Wenn sie tatsächlich kommen, Vater, dann müssen wir bereit sein. Wir können uns nicht gegen sie stellen, sonst sind wir verloren. Und ich spüre, daß ihre Zeit nahe ist.«

»Sag das nicht!«

»Doch, Vater, doch. So ist es!«

Sadir schüttelte den Kopf. Seine Lippen verzogen sich. Er wischte über die Stirn, und als er auf den Handrücken schaute, war er schweißnaß. Oft genug hatte er von den Warnungen gehört, die alten Götter ruhen zu lassen. Man durfte sie auf keinen Fall wecken. Sie sollten in ihrer Zeit bleiben, denn falls sie zurückkehrten, würden sie Angst und Grauen verbreiten.

»Was ist mit dir, Vater?« fragte Ghamal, als er sah, daß sein alter Herr blaß geworden war und sich an der Wand abstützte.

»Nichts, mein Sohn, nichts. Ich muß mich nur zusammenreißen. Die Luft, verstehst du? Ich kann sie nicht mehr ertragen. Ich glaube, ich werde alt, mein Sohn.«

»So wird es sein«, erwiderte Ghamal entgegen seiner Überzeugung. »Ruhe dich aus . . .«

»Das geht nicht. Wir müssen nach Hause segeln. Ich spüre den Wetterumschwung.«

Sadir ging über die Holzstufen. Er streckte seinen Kopf aus der Luke und spürte den Wind, der in sein Gesicht wehte und die schweißnasse Haut umfächerte.

Noch vor ein paar Minuten hätte er sich über den Wind gefreut, das konnte er nicht mehr. Die Erzählung seines Sohnes hatte ihm einen Schock versetzt. Er kannte alte Geschichten. Wer den Kopf des Anubis sah, so stand es in der Legende, würde auch bald die anderen sehen. Die Grausamen, die Magier, die Mumien . . .

Und sie würden kommen.

Aus der Tiefe des Totenreiches hochsteigen und das Grauen über die Menschen bringen.

Sadir schüttelte sich, als hätte ihm jemand Eiswasser ins Gesicht gespritzt. Er schaute wieder über die Bordwand und blickte auf den breiten Strom. Eigentlich hätte er sich um das Segel kümmern müssen, der Wind war ein wenig aufgefrischt, aber er hockte an Deck und tat nichts, während er aus dem Bauch des Schiffes die Geräusche vernahm, die sein Sohn Ghamal verursachte.

Ein Geräusch störte ihn.

Es war nicht das dumpfe Klatschen der Wellen gegen die Bordwand, daran hatte er sich schließlich gewöhnt.

Sadir erhob sich.

Es geschah ziemlich heftig. Er stand nervlich so unter Druck, daß er alles, was sich ereignete, mit anderen Augen sah und stets in Relationen zu der Erzählung seines Sohnes setzte.

Natürlich trieb einiges im Fluß umher. Holz, Papier, Pflanzen, Abfall, es wurde zuviel hineingeworfen, und oft genug kam auch das Treibgut mit den Schiffskörpern in Berührung, aber dieses Geräusch hatte für Sadir eine besondere Bedeutung gehabt.

Obwohl er Angst verspürte, siegte dennoch seine Neugierde. Sie war stark genug, um ihn nachschauen zu lassen. Seinen Sohn wollte er nicht rufen, denn er hatte Angst, sich lächerlich zu machen, so trat er an die Bordwand und schaute auf die Wellen.

Sie kabbelten an das Schiff heran, hoben es hoch, ließen es wieder sinken und begannen das Spiel von vorn.

Dunkel und geheimnisvoll lag der Strom vor den Augen des Fischers. Er sah nichts.

Aber er vernahm den erneuten Schlag.

Diesmal unter dem Schiff.

Sadir kreiselte herum. Er dachte an einen Froschmann, der sich heimlich dem Fischerboot genähert hatte, doch was er wirklich zu sehen bekam, damit hätte er im Traum nicht gerechnet.

An der gegenüberliegenden Bordwand klebte etwas Schwarzes. Im ersten Augenblick war es nicht genau zu indentifizieren, und der Fischer mußte erst einen Schritt nach vorn gehen, um den Gegenstand genauer sehen zu können.

Es waren zwei Dinge.

Ein Paar Hände!

Schwarz, unheimlich. Verkohlt wirkend, und sie hielten die Umrandung der Bordwand umklammert.

Sadir blieb steif stehen. Seine Augen wurden groß, er öffnete den Mund, doch es gelang ihm nicht, einen Warnruf auszustoßen, denn dieser unheimliche Vorgang faszinierte ihn auf eine erschreckende Art und Weise.

Ein schauriges Wesen stieg aus der Tiefe des Flusses an die Oberfläche, und gab sich damit nicht zufrieden, denn es wollte auf das Deck des Fischerbootes.

Das Boot schaukelte, als sich das Wesen so weit aus dem Strom zog, daß Sadir ihn erkennen konnte.

Nein!

Es war ein stummer Schrei, der da in seinem Innern aufbrandete und nicht den Weg über die Lippen fand. Ein Mensch war es nicht, der den Fluten entstieg. So konnte einfach kein Mensch aussehen, auch wenn er lange im Wasser gelegen hatte.

Was da kam, glich einem Bild aus einem Alptraum. Manchmal auch auf Höhlenzeichnungen zu sehen, denn aus den Fluten kletterte eine lebende Mumie . . .

*

Professor Barkley und ich hatten einen Platz gefunden, an dem wir es aushalten konnten. Es war ein kleines Café, das auch zu dieser Stunde noch geöffnet hatte. Eingerichtet war es im Bistro-Stil, wobei das englische Pub-Flair allerdings überwog. Die Wände waren mit Mahagoni-Holz getäfelt, und auch die lange Theke bestand aus diesem Material. Um diese Zeit hielten sich nur wenige Gäste auf. Sie hockten allesamt an der Theke und unterhielten sich mit dem dunkelhaarigen Wirt über Fußball. Bis Mitternacht waren es noch zwei Stunden, wir hatten also genügend Zeit, in Ruhe zu sprechen.

Barkley machte einen sehr nervösen Eindruck. Ihm war der Mord sehr an die Nieren gegangen, und er bestellte sich ein großes Bier. Ich nahm nur ein kleines.

Die Mordkommision hatte längst ihre Arbeit beendet. Viele Spuren gab es nicht. Der Staub sollte im Labor analysiert werden, und was es zu sagen gegeben hatte, das hatte ich getan. Auf große Gegenliebe war ich nicht gestoßen. Der Leiter der Mordkommision galt als Mann der Praxis. Jedenfalls bezeichnete er sich selbst so, und er war nicht gerade freundlich zu mir gewesen.

Es spielte im Prinzip auch keine Rolle, was dieser Mann dachte, wichtig war der Fall und da besonders Professor Barkley, denn er würde mir weiterhelfen können.

Schon auf der Fahrt hatte er sich kooperationsbereit gezeigt und gesagt, daß man das Unheil stoppen müsse.

Dagegen war meinerseits nichts einzuwenden.

Ich wartete ab, bis er seinen Krug zur Hälfte geleert hatte. Er schob ihn etwas von sich und zog dann den Mantel vor seiner Brust zusammen, als würde er frieren.

Ich rauchte eine Zigarette, blies die Rauchwolken zur Seite, wo sie sich mit dem anderen Qualm, der über der Theke schwebte, vermischten.

»Ich bin natürlich sehr gespannt«, sagte ich und schaute Barkley dabei auffordernd an.

»Ja, sicher ...« Er machte einen etwas zerstreuten Eindruck, bevor er mit seiner Geschichte herausrückte. »Die Sache ist die, Mr. Sinclair. Wie ich schon sagte, beschäftige ich mich mit Ägyptologie, und mich interessieren dabei nicht so sehr die Pyramiden, wie es bei den meisten meiner Kollegen der Fall ist, sondern mehr das Umfeld dieser einmaligen und gewaltigen Gräber.«

Er schaute mich an, und ich nickte. Ein Zeichen, daß er weiterreden sollte.

Er verstand. »In der näheren Umgebung der Pyramiden lagen die sogenannten Mastabas.«

»Was ist das?« fragte ich.

»Wissen Sie das nicht?« Jetzt kam er mir vor wie ein gestrenger Lehrer, der sich darüber wunderte, daß sein Schüler alles vergessen hatte, was er einen Tag zuvor noch gelernt hatte.

»Nein.«

»Also folgendes, Mr. Sinclair. Die Mastabas sind die vornehmen Privatgräber des Alten Reiches. Man legte sie um die Pyramiden an, und man findet sie heute noch in Siedlungen wie Gise, zum Beispiel. Es gibt verschiedene Typen von Mastabas. Sie unterscheiden sich nach ihrer Bauweise und auch nach der Innenaufteilung. Grundsätzlich setzen sie sich aus zwei selbständigen Teilen zusammen. Der Sargkammer und dem Kultraum, wobei sich die Sargkammer auf dem Grunde eines fast immer senkrechten Schachtes befindet und einen steinernen Sarkophag enthält sowie die für das jenseitige Leben des Verstorbenen unerläßlichen Beigaben. Die Sargkammer wurde nach der Bestattung vermauert und der Schacht mit Steinen und Erde aufgefüllt. Aber das alles ist im Moment nicht interessant, sie werden sicherlich einmal so eine Mastaba besichtigen. Wichtig für uns ist die Tatsache, daß ich ein solches Grab erforscht hatte. Um mir Zugang zu verschaffen, mußte ich es aufbrechen. Das Grab gehörte einem Zauberer, Magier und Hohen Priester namens Pernio. Wie fast überall bei diesen sehr alten Gräbern fand ich an der normalen Eingangstür die Abbildung des Totengottes Anubis, und nicht nur das. Als ich das Grab betrat, stolperte ich fast über die Steinfigur.«

»Die ich im Museum gesehen habe?« unterbrach ich ihn.

»Ja, Mr. Sinclair, genau die.«

»Wie haben Sie die Figur denn nach London schaffen können?«

Er hob die Schultern. »Durch Beziehungen. Ich kenne die Ausfuhrverbote sehr gut, aber Ägypten ist nun mal der Orient, und die Beamten dort sind jedem Bakschisch zugänglich. Bei dem einen muß man tiefer in die Tasche greifen, bei dem anderen genügt weniger. Im Prinzip ist alles machbar. Hinzu kam, daß ich den Beamten sehr gut kannte, er mich mochte, und so brachte ich die Steinfigur eben nach London.«

»Wobei Sie einen alten Fluch auslösten!«

Er schaute mich an, hob sein Glas, trank aber noch nicht, sondern nickte betrübt. »Leider, Mr. Sinclair, deutet alles darauf hin. Und ich habe sogar einen Beweis.«

»Wo?«

»Ich fand in der Grabkammer noch einen alten Papyrus, konnte ihn entziffern, und mir wurde vieles klar. Ich habe ein Grab aufgebrochen, das bis in alle Ewigkeit aus bestimmten Gründen verschlossen bleiben sollte.«

»Gründe, die Sie jetzt kennen, vermute ich.«

»Richtig, Mr. Sinclair, die kenne ich jetzt. Um Ihnen den

Grund zu erklären, muß ich wieder auf Anubis zurückkommen, denn er galt in der uralten Zeit als wichtigster Gott. Ihn gab es schon vor dem Aufstieg des großen Gottes Osiris, und an Anubis richteten sich die Bitten um ewiges Leben, so steht es in den Mastabas.«

»Was hat das mit Per-nio zu tun?« wollte ich wissen.

»Er war einer der großen Magier, die Anubis dienten. Vielleicht sogar der letzte. Möglicherweise habe ich auch das letzte Grab geöffnet, das des Dieners dieses Totengottes, und aus dem Grunde wird uns der Fluch auch treffen, Mr. Sinclair.«

»Das kann ich verstehen. Nur – haben Sie noch etwas aus dem Grab mit nach London gebracht?«

»Nein. Mich interessierte nur die Figur. Die Mumie des Pernio und deren Sklaven habe ich natürlich nicht angerührt.«

»Und jetzt wird sich dieser Hohepriester rächen.«

»Alles läuft darauf hinaus, Mr. Sinclair.« Die Antwort hatte der Mann mit leiser Stimme gegeben. Er hob sein Glas und trank es fast leer.

Der Professor war ziemlich ratlos. Sicherlich erwartete er von mir eine Lösung, denn ich hatte ihm auf der Fahrt davon berichtet, mit welchen Aufgaben ich mich befaßte. Seit dieser Zeit sah er mich aus einem anderen Blickwinkel an.

»Haben Sie einen Vorschlag, Mr. Sinclair?« fragte er mich.

Ich runzelte die Stirn. »Wenn ich über das Problem richtig nachdenke, scheint die Wurzel des Übels nicht hier, sondern in Ägypten zu liegen.«

»Das stimmt. Ich will auch nicht lange um den heißen Brei herumreden, Oberinspektor. Wir müssen hin, wenn wir etwas retten wollen. Aber läßt das Ihr Job zu?«

Jetzt lachte ich. »Dafür werde ich mir Zeit nehmen müssen. Im Laufe der Jahre habe ich gelernt, international zu arbeiten, und man hat dies auch in anderen Ländern akzeptiert.«

»Waren Sie auch schon in Ägypten?«

»Ja, Professor. Ich bin bereits mit einigen Besonderheiten und seltsamen Flüchen dieses großen Landes konfrontiert worden. Mich kann so leicht nichts erschüttern.«

»Hoffen wir es!«

»Aber was anderes. Wir kommen wir am besten an diese Grabkammer heran. Ich meine, wo liegt sie?«

»In Mittelägypten.«

»Das heißt, wir müßten bis Kairo fliegen und von dort aus mit dem Wagen weiterfahren . . .«

Er unterbrach mich durch ein Kopfschütteln. »Auf keinen Fall mit dem Wagen. Es gibt da ein viel bequemeres Transportmittel.«

»Kamele?« fragte ich spöttisch.

»Wo denken Sie hin, Mr. Sinclair? Wir reisen mit einem dieser Luxus-Passagierschiffe, die den Nil befahren. Die haben einen Komfort, der mit jedem Hotel mithält.«

»Damit sollen wir also fahren?«

»Genau. Natürlich nur, wenn Sie einverstanden sind und dieser Fall Sie interessiert.«

Ich lachte auf. »Sie sind gut, Professor. Und wie mich der Fall interessiert. Aber ich sage Ihnen was. Wir werden nicht allein sein, sondern zu dritt reisen.«

James Barkley schaltete schnell. »Nehmen Sie noch einen Kollegen oder Freund mit?«

»Genau, das ist es«, erwiderte ich und dachte dabei an Suko, der sich bestimmt freuen würde.

*

Eine lebende Mumie hatte das Deck des alten Fischerbootes betreten! Das mußte Sadir erst einmal verdauen, denn er wollte es noch immer nicht glauben.

Sie sah scheußlich aus. Tropfnaß war sie, und das Wasser rann aus den alten Tuchfetzen, die um ihren kleinen Körper gewickelt waren. In der Tat war sie stark geschrumpft, sie besaß längst nicht die Größe eines ausgewachsenen Menschen, und auch das Gesicht war nicht zu sehen, denn um den Kopf waren ebenfalls Bandagen gewickelt.

Es gab nur einen freien Streifen in Augenhöhe.

Sadir stand starr. Daß die Mumie zu einem roboterhaften Leben erwacht war, konnte er ja noch hinnehmen, doch die Augen bewiesen ihm, daß sie tatsächlich etwas von ihm wollte, denn ihr Blick pendelte sich auf ihn ein.

Er war hart, abschätzend und gleichzeitig mörderisch. Der Mann las in ihm eine unheilvolle Gier, und ihm wurde klar, daß diese Mumie töten wollte.

Noch immer war er unfähig, sich zu artikulieren. Nicht ein Ton drang über seine Lippen, er schaffte keinen Hilfeschrei, dabei hätte er jetzt seinen Sohn gebraucht, denn die Mumie setzte sich in Bewegung.

Sie ging nicht wie ein Mensch. Ihre Bewegungen wirkten steif, eckig und drohend.

Mit jedem Schritt, den die Mumie zurücklegte, steigerte sich die Angst des Fischers.

Das Boot war nicht sehr breit. Es ließ sich leicht ausrechnen, wann die Mumie den Menschen erreicht hatte, und Sadir tat auch nichts dagegen, seinem Schicksal zu entgehen. Er war einfach nicht fähig, denn er fühlte sich inmitten eines Alptraums versetzt. Nur erlebte er diesen Alptraum voll mit, er war gewissermaßen der Mittelpunkt, und die Geschichten, die man sich des Abends in den Wüstencamps erzählte, waren für ihn zur schaurigen Realität geworden.

Auch die Kulisse stimmte. Der dunkle Fluß, die Sterne am Himmel, der laue Wind, der über das Wasser fuhr, das trug dazu bei, sich als Mensch fürchten zu können.

Sadir hatte Angst.

Mit jedem Schritt, den die Mumie zurücklegte, wurde sie größer. Beinahe überdeutlich nahm der Fischer die ihn umgebenden Laute und Geräusche wahr, die einfach dazugehörten.

Es war das Knattern des Segels, das Knarren des Holzmastes, der immer zu stöhnen schien, wenn sich das Segel blähte, das Klatschen der Wellen und die Schritte.

Eine arhythmische Todesmelodie, die um so lauter wurde, je näher die Mumie kam.

Sadir streckte seine Arme aus. Er schlug nicht um sich, er stand nur da und fühlte plötzlich den nassen Stoff unter seinen Fingern. Mit den Händen konnte er hineingreifen, wobei er das Gefühl hatte, in feuchten Uferschlamm zu fassen.

Die Mumie schlug zu.

Es war ein harter Hieb, und sie hatte den Schlag von oben nach unten geführt.

Sadir wurde an der rechten Schulter getroffen. Er spürte die Schmerzen und sackte in die Knie. Noch in der Bewegung sah er den zweiten Schlag. Wieder von oben nach unten.

Diesmal war nicht die Schulter das Ziel, sondern der Kopf. Er schien im nächsten Augenblick zu explodieren. Vor den Augen des Mannes blitzten Sterne. Sadir sank noch tiefer, wobei er den dritten Treffer kassierte, der ihn endgültig auf die Planken schickte und in die Tiefen der Bewußtlosigkeit riß.

Aber die Mumie war noch nicht fertig. Sie schlug weiter,

und zwar so lange, bis kein Leben mehr in dem Fischer steckte.

Jetzt erst hatte sie den ersten Teil ihrer Aufgabe erfüllt.

Ghamal, der Sohn des Toten, befand sich unter Deck. Er beschäftigte sich mit den Fischen, hatte die schlechten von den guten aussortiert und neben sich das Transistorradio gestellt. Er hörte den Sender Kairo, der englische Musik brachte.

Ghamal lauschte den Klängen, während er das lange, äußerst scharfe Messer in die rechte Hand nahm und damit begann, die Leiber der gesunden Fische aufzuschlitzen. Er nahm die Eingeweide heraus und schleuderte alles Eßbare in ein kleines Faß, das mit einer Salz- und Pökellake gefüllt war.

Der junge Mann war lange genug mit seinem Vater »im Geschäft«. Er beherrschte die Technik des Ausnehmens perfekt. So flog Fisch auf Fisch in die Lake, während er weiterhin der Musik lauschte.

Dann passierte es.

Ghamal hatte sich wieder einen Fisch genommen und das Messer schon angesetzt, als er innehielt. Über sich hatte er Geräusche vernommen. Dumpfe Laute, als wäre dort etwas hart zu Boden gefallen.

Der Sohn des Fischers saß für einen Moment regungslos, weil er einfach keine Erklärung für dieses Geräusch wußte. Dann aber dachte er an seinen Vater, und seine Lippen verzogen sich.

Abermals hörte er die Geräusche. Dazwischen auch andere, die ihn an Schläge erinnerten.

Plötzlich bekam er Angst.

In seinem Innern schien der Magen zu Stein zu werden. Er dachte wieder an den grünlich schimmernden Schakalkopf, den er auf dem Wasser gesehen hatte, und er wußte genau, daß das Unheil auf dem Weg zu seiner Familie war.

Ghamal erhob sich, blieb stehen und wandte sein Gesicht der Ausstiegsluke zu.

»Vater?« rief er.

Niemand gab ihm Antwort. Nach seinem fragenden Ruf waren auch die Geräusche auf Deck verstummt, und nur das Klatschen der Wellen hörte er noch.

Vor Nervosität leckte er über seine Lippen. Er zwinkerte mit den Augen, denn er wußte im Augenblick nicht, was er unternehmen sollte. Daß an Deck einiges nicht mit rechten Dingen zuging, war ihm klargeworden, und er dachte an Piraten.

Es gab diese Piraten tatsächlich, die nachts unterwegs waren und einsame Fischerboote überfielen. Meist griffen diese Flußräuber gnadenlos an und töteten die Menschen auf den Booten. Ghamal besaß nur ein Messer. Damit allerdings konnte er sehr geschickt umgehen, und er schüttelte seine Furcht ab. Wenn es um die Familie ging, sprang er über seinen eigenen Schatten. Er wurde mutig, denn sein Vater hatte ihn immer gelehrt, daß das Leben aus Kampf bestand und man gewinnen mußte, um zu überleben.

Als er den Niedergang erreichte, blieb er für einen Moment stehen und schaute die Holzstufen hoch. Sie endeten dicht vor der Luke. Ihre Umrisse zeichneten genau den Ausschnitt eines dunkelblauen Himmels nach, auf dem Ghamal drei glitzernde Sterne zählte.

Vorsichtig ging er die Stufen hoch. Er kam sich selbst vor wie ein Pirat, denn er hatte den Holzgriff des Fischmessers zwischen die Zähne gesteckt, und die Klinge der Waffe schimmerte naß. Stufe für Stufe ließ er hinter sich. Leise konnte er nicht auftreten, da sich das Holz bei jedem Druck durchbog und entsprechende Geräusche verursachte.

Ghamal war vorsichtig. Er zögerte noch, bevor er seinen Kopf über den Lukenrand steckte. Er hatte das Gefühl, daß an Deck jemand auf ihn lauerte, und er wollte diesem Unbekannten nicht in die Falle laufen.

Irgendwann mußte er einfach hoch, schaute über den Rand, drehte seinen Kopf zuerst nach links und danach nach rechts.

Er sah nichts.

Keine Gefahr, die auf ihn lauerte. Wie leergefegt wirkte das Deck an dieser Stelle.

Hatte Ghamal zuvor gezögert, so wurde er jetzt sehr schnell. Er stieß sich kraftvoll ab und brauchte nur einen Sprung, um auf den Decksplanken zu stehen.

Dort wartete er geduckt, öffnete den Mund, und das Messer fiel heraus, wobei er es mit der rechten Hand geschmeidig auffing.

In dieser Haltung lauerte er.

Sein Blick glitt über ein Deck, das leer war. Wenigstens sah er keinen Menschen. Auch seinen Vater nicht. Und das machte ihn nicht nur stutzig, es ließ auch wieder die Angst in ihm hochkeimen.

Wo konnte er sein?

Ghamal drehte sich. Die Sicht zum Heck war ihm durch die Aufbauten verwehrt. Zudem nahm ihm das Segel ebenfalls einen Großteil der Sicht, und er mußte sich um den Aufbau herumbewegen.

Ghamal nahm die rechte Seite, hatte die Hälfte der Strecke so gut wie unhörbar passiert, als er etwas entdeckte, das nicht zum Inventar des Fischerbootes gehörte.

Es war ein länglicher, auf den Planken liegender Gegenstand, der sich als kompakter Schatten abhob.

Ein Mensch!

Ghamal dachte nur an seinen Vater. Aus seinem offenen Mund drang ein verzweifelt klingender Laut, als er voranging und Kurs auf die Gestalt nahm.

Getäuscht hatte Ghamal sich nicht. Es war tatsächlich sein Vater, der tot auf dem Deck lag. Sein bleiches Gesicht schimmerte, die Augen standen weit offen, der Blick war gebrochen.

Ghamal hatte schon oft genug einen Toten gesehen, so daß er hier genau Bescheid wußte. Für einen Moment verzerrte sich sein Gesicht. Der ihn aufwühlende Schmerz zeichnete sich auf seinen Zügen ab, aber er dachte sofort an den oder die Täter.

Wer hatte das getan?

Ghamal wirbelte herum. Trauer konnte er später zeigen, jetzt mußte er sich um den oder die feigen Mörder kümmern.

Noch in der Drehung nahm er die Bewegung wahr. Er befand sich nicht allein an Deck, denn dort war noch jemand, der jetzt hinter den Aufbauten hervorkam.

Ghamal glaubte seinen Augen nicht trauen zu wollen, als er näher hinschaute. Das war kein Mensch, sondern ein Monstrum, das sich ihm näherte.

Ein unheimliches Wesen, eingepackt in Tücher und Binden, und dabei wie eine lebende Puppe gehend.

Der junge Mann hatte genug über die Geschichte des Landes erfahren, um zu wissen, um wen es sich bei diesem Wesen handelte.

Um eine Mumie.

Eine Mumie, die lebte, die allen Gesetzen der Natur widersprach, weil sie gehen konnte.

Schritt für Schritt näherte sie sich dem Mann. Einen Mord hatte sie auf dem »Gewissen«, einen zweiten wollte sie folgen lassen. Aber Ghamal war nicht wie sein Vater. Obwohl ihn

Angst und Schrecken lähmten, hatte er sich entschlossen, zu kämpfen. Wäre der Mord nicht gewesen, er wäre vielleicht ins Wasser gesprungen und geflohen, so aber wollte er sich dem Grauen stellen.

In der linken Hand hielt er das scharfe Fischmesser. Eine kaum zu verfolgende Bewegung, das Messer flog durch die Luft, blieb in seiner Rechten liegen.

Die Mumie kam.

Ghamal starrte in die Augen, die gut durch den Bindenschlitz zu erkennen waren. Es waren unheimliche, leuchtende Punkte. Grausam, kalt und ohne Erbarmen.

»Komm doch her, du Bestie!« zischte der Achtzehnjährige mit tränenerstickter Stimme. »Verdammt, komm her, dann kann ich dich killen!«

Es war ihm, als hätte die Mumie seine Worte genau verstanden, denn sie dachte nicht daran, stehenzubleiben, sie wollte auch den Sohn umbringen und hatte die Arme bereits ausgestreckt.

Stahl blitzte, als Ghamal zustieß. Es war ein harter, wuchtiger Treffer, der die Mumie seitlich in den Oberarm traf, ihn aufschlitzte und sogar aufriß.

Die Mumie blieb stehen. Als nasse, alte Lappen fielen die Binden nach unten, die von der scharfen Klinge des Messers aufgetrennt worden waren.

Ghamal lachte. »Noch einen?« Er wuchtete seinen Körper und seinen Arm vor. Die Mumie war kleiner als er, und es gelang ihm, einen Messerstich anzusetzen, ohne daß ihn das lebende Ungeheuer berührte. Einmal in die Brust, danach in den Kopf.

Ghamal wußte, wie es war, wenn er die toten Fische aufschnitt. Da merkte er kaum Widerstand. Hier aber vernahm er jedesmal ein dumpfes Geräusch, wenn er die Klinge in den

Körper der lebenden Mumie hieb. Dabei entstand noch ein Klatschen. Wenn seine Hand die alten nassen Leinentücher berührte, spritzte Wasser auf.

Die Mumie wankte.

Ghamal sah sie nach hinten taumeln. Sie riß dabei ihre Arme hoch, der Körper zitterte, und er setzte noch einmal nach.

Wieder ein Stich.

Diesmal sehr genau gezielt. Er traf die Mumie im Fallen und genau in den Schlitz, der die Augen freiließ.

Ein Volltreffer!

Was er nicht für möglich gehalten hatte, geschah. Im fahlen Licht des Mondes sah er die gallertartige Masse, die den Schlitz an der rechten Seite ausfüllte und weiter hervorquoll, um außen an den nassen Leinenbinden herabzulaufen.

Ein scheußliches Bild. Die gallertartige Masse erinnerte ihn an widerliches Gewürm.

War sie endlich erledigt?

Der junge Mann wartete ab. Er war einen Schritt zurückgegangen, hatte das scharfe Fischmesser aus der Wunde gezogen und starrte seinen unheimlichen Gegner an.

Noch stand die Mumie.

Aber ihre Bewegungen wurden unkontrolliert wie bei einer Laufpuppe, deren Uhrwerk nicht mehr richtig funktionierte. Der lebende alte Leichnam schlug mit den Armen um sich. Er hieb selbst gegen seinen Körper. Das alte nasse Leinen klatschte, Tropfen wirbelten glitzernd durch die Luft, und die Mumie begann sich drehend zu bewegen. Sie wankte über das Deck, hieb mit ihren Füßen hart auf die Planken, daß es aufdröhnte, und näherte sich der Bordwand.

Ghamal verfolgte sie mit seinen Blicken. Würde sie das Übergewicht bekommen und fallen?

Er hoffte es, er zitterte darum, aber die Mumie erreichte die Bordwand nicht. Kurz davor hielt sie inne, geriet danach in eine Drehbewegung und brach zusammen.

Sie fiel aufs Deck.

Rücklings blieb sie liegen, und der junge Mann holte tief Atem. Seine Augen funkelten. Er hatte gewonnen, er hatte dieses schreckliche Wesen besiegt, das innerlich immer mehr auslief. Durch den Schlitz quoll die widerliche Masse, drehte sich weiter und weiter, bevor sie in einer langen Schleimspur am Körper herabrann.

Ghamal war noch nicht zufrieden. »Du Mörder!« brüllte er. »Du verfluchter Mörder!« Er sprang auf die Mumie zu und ließ seinem Zorn, der Verzweiflung und seinem Haß freien Lauf.

Mit den Füßen trampelte er auf dem von ihm erledigten Monstrum herum, wobei er die nächste Überraschung erlebte, denn er spürte keinen Widerstand, als er auf die Mumie sprang.

Ghamal sackte ein, als wäre der Körper überhaupt nicht vorhanden. Die von ihm erledigte Mumie setzte ihm kaum Widerstand entgegen. Es war, als würde er in die Luft treten.

Aber er zerstörte. Wütend, brutal, nicht mehr zu bremsen, denn all die Demütigungen und den Schmerz ließ er an diesem alten Körper aus.

Zum Schluß weinte er, taumelte über das Deck und fiel neben der Leiche seines Vaters auf die Knie.

Er beugte auch seinen Oberkörper vor, nahm den Kopf des Toten in beide Hände und hob ihn an. Dabei bedeckte er die alte Haut mit Küssen, während Tränen über seine Wangen liefen und Spuren in sein schweißnasses Gesicht zeichneten.

»Vater!« Es war ein Schrei und gleichzeitig ein Schluchzen, das er ausstieß.

Der Tote konnte nicht mehr antworten. Erschlagen lag er auf dem Deck seines Bootes, das er über alles geliebt hatte, und starrte aus glanzlosen Augen in einen dunkelblau gefärbten Himmel.

Ghamal trauerte. Er hatte riesengroße Angst, daß es ihm wie seinem Vater ergehen konnte, denn nicht umsonst hatte er den Schädel des Anubis über dem Wasser schweben sehen.

Ein böses Zeichen.

Unheil kündigte sich nicht nur an, es hatte die Familie bereits erreicht.

Die Zeit war für Ghamal bedeutungslos geworden. Irgendwann richtete er sich auf. Er dachte daran, daß das Leben weiterging, auch ohne seinen Vater, dessen Erbe er in dieser Stunde übernommen hatte. Ghamal wollte das Segel straffen und in den Heimathafen fahren. Seine Familie mußte von Vaters Tod erfahren. Man würde das Begräbnis vorbereiten, man mußte . . .

Seine Gedanken stockten. Während der letzten Sekunden hatte er über das fast schwarze Wasser geblickt. Aus südlicher Richtung und mit dem Strom kommend, schob sich etwas heran. Es war noch ziemlich weit entfernt, dennoch konnte Ghamal erkennen, um was es sich dabei handelte.

Daß es ein Schiff war, lag auf der Hand. Ihm jedoch kam es auf den genauen Typ an, denn so eines konnte und durfte es gar nicht mehr geben.

Es sei denn, auf uralten Zeichnungen oder im Museum, wo sie zum Teil nachgebaut waren.

Dieses hier war echt. Nur gehörte es nicht mehr in die moderne Zeit, denn bei dem Schiff handelte es sich um eine Totenbarke aus der Frühgeschichte . . .

*

Zuerst die lebende Mumie, dann das Schiff.

Es war zuviel für Ghamal. Er stand da und konnte es kaum glauben. Der Anblick, so schaurig und ungeheuerlich er auch war, faszinierte ihn, und er konnte seinen Blick einfach nicht von dieser riesigen Totenbarke lösen.

Sie war noch weit entfernt. Das Mondlicht jedoch ließ seine Umrisse genau erkennen, den hohen, geschwungenen Bug und dahinter, auf dem sich verbreiternden Deck, einen kabinenähnlichen Aufbau, in den die alten Ägypter auch Tote gelegt hatten, damit diese sicher über den großen Fluß ins Jenseits gebracht werden konnten.

Fuhr das Schiff über das Wasser?

Ghamal konnte es nicht glauben, denn er sah keinen hell schäumenden Kamm einer Bugwelle. Also mußte die Barke über dem Nil schweben. Aber das widersprach allen Naturgesetzen.

Ghamals Mund stand offen. Er schaute, starrte und konnte einfach nichts begreifen.

Bei genauerem Hinsehen stellte er fest, daß die Barke keineswegs leer war. Sie besaß eine Besatzung.

Sicher und irgendwie behäbig schwebte die Barke über dem Wasser und näherte sich immer mehr dem kleinen Segelboot, das jetzt dem jungen Mann gehörte. Ghamal empfand die Barke als feindlich. Er glaubte fest daran, daß die Mumie nur als Vorhut geschickt worden war und die Barke nun folgte.

Was wollte sie?

Der junge Mann wußte nichts. Es spielte im Moment auch keine Rolle, für ihn gab es nur die Flucht. Er mußte einfach weg, fort aus der Gefahrenzone, sonst würde ihn die Besatzung der Totenbarke noch erwischen, und dann war sein Leben verwirkt.

Zu Lebzeiten war ihm der Vater ein guter Lehrmeister gewesen. Er hatte seinem Sohn beigebracht, wie man innerhalb kürzester Zeit Segel setzte, und Ghamal war nicht nur ein gehorsamer Sohn, sondern auch ein gelehriger Schüler gewesen.

Die einzelnen Etappen, die Bewegungen, sie waren ihm in Fleisch und Blut übergegangen. Er arbeitete fieberhaft und dennoch sehr genau.

An seinen toten Vater dachte er nicht mehr. Er mußte ihn einfach aus seinen Gedanken verbannen, denn jetzt ging es um sein eigenes Leben. Das Dhau, wie auch das Fischerboot genannt wurde, schaukelte mächtig, und als der junge Mann das Segel in den Wind drehte, blähte sich das hellgraue Tuch auf wie ein gewaltiges Maul, in das Luft hineingepumpt wurde.

Das Boot nahm Fahrt auf.

Leider war der Wind flau, so daß Ghamals Schiff nur schwerfällig fuhr. Zum Glück half auch die Strömung nach, nur trieb sie ihn leider auch ab und der Strommitte entgegen.

Was sich sonst zwei Männer teilten, das mußte Ghamal nun allein durchstehen. Es war nicht allein das Segeln, ihm saß auch der Verfolger im Nacken. Mehr als einmal warf er einen Blick auf die Totenbarke zurück, die ihren Kurs beibehielt und dem kleinen Fischerboot auf den »Fersen« blieb.

Holte sie auf?

Ghamal befürchtete es. Er zitterte und bebte, schrie nach dem Wind, doch er konnte ihn nicht herbeirufen.

Die unheimliche Totenbarke war schneller.

Wieder drehte sich Ghamal und warf einen Blick auf das ihn verfolgende Schiff.

Er sah es jetzt klarer und deutlicher, und sein Herz übersprang vor Schreck einen Schlag.

Wieder sah er den Schädel.

Er leuchtete in einem giftigen Grün. Eine Mischung aus Schakal- und Hundekopf. So, das wußte Ghamal genau, war immer der Totengott Anubis dargestellt worden.

Ein häßliches, widerliches Bild. Es stieß ihn ab und faszinierte ihn gleichzeitig.

So etwas hatte er noch nie gesehen. Da wurden alte Legenden Wirklichkeit. Die längst vergessenen Zeiten und eine im Schatten der Vergangenheit liegende Historie erlebte Ghamal jetzt hautnah mit.

Er konnte die Barke sehr genau erkennen, obwohl auf ihrem Deck kein einziges Licht brannte. Es war der grüne Schakalkopf, der genügend Helligkeit abgab, und gleichzeitig lag auch ein seltsames Leuchten um das Schiff herum.

Von außen drang es nicht, sondern schien von innen aus dem Rumpf zu kommen.

Irgendwie geheimnisvoll und lockend.

Ghamal bewegte sich nicht. Wie er dastand, glich er einer Statue, und er konnte nur nach vorn schauen, um zu sehen, was weiterhin geschah.

Sein eigenes Segel hatte er vergessen. Er merkte, wie das Boot schwankte und auch abgetrieben wurde, aber er starrte noch immer auf diese unheimliche Totenbarke, die näher und näher kam.

Erschreckend schnell holte sie auf.

Ghamal betete zu Allah, schüttelte den Kopf, schaute sich um, aber er war längst viel zu weit vom Ufer entfernt, um hinschwimmen zu können. Die Totenbarke hätte ihn immer eingeholt.

Plötzlich erwachte er aus seiner Erstarrung. Sein innerer Wecker schlug Alarm. Er mußte sich auf sich selbst verlassen und durfte einfach nicht mehr nur stehen und zusehen.

Wegsegeln!

Was es noch möglich?

Neben dem einfachen Mast blieb er stehen. Aus großen Augen schaute er an dem schief sitzenden Dreieckssegel vorbei nach vorn und sah einen gewaltigen Schatten, der über das Wasser glitt und auch durch zahlreiche Lichter erleuchtet war.

Ein Schiff.

Sogar ein riesiges. Ein Passagierschiff, das wahrscheinlich mit Touristen besetzt war.

Diese Schiffe waren tagelang unterwegs und besaßen als Komfort den Standard internationaler Luxus-Hotels. Dementsprechend hoch lagen auch die Preise.

Da das Schiff stromab fuhr, kam es dem jungen Mann im ersten Moment noch unheimlicher vor als die Totenbarke aus der altägyptischen Zeit.

Und es war für ihn auch gefährlicher, denn er konnte sich nicht vorstellen, daß dieses gewaltige Schiff wendig genug war, um seinem kleinen Boot auszuweichen.

Das andere Schiff würde sein eigenes zermalmen, wenn es zu einer Kollision kam.

Ghamals Angst steigerte sich noch.

Hinter ihm die unheimliche Barke, vor ihm das moderne Passagierschiff, das den Nil befuhr. Zwei Seiten, zwei Epochen, die sich begegnen würden, und er befand sich im wahrsten Sinne des Wortes haargenau dazwischen.

In der nächsten Minute mußte er sich entscheiden. Die Dunkelheit lag sehr dicht über dem breiten Strom, so daß Ghamal nur schätzen konnte, welches Schiff ihm am nächsten war.

Ghamal schaute sich um.

Die Totenbarke hielt Kurs. An ihrem Bug sah er zahlreiche

Gestalten. Nicht sehr groß, sie konnten kaum über die Reling schauen, und er stellte fest, daß es sich bei ihnen um Mumien handelte.

Die Entfernungen schmolzen. Vielleicht hatte man sein Boot auf dem Passagierschiff nicht gesehen oder war einfach zu überrascht von der unheimlichen Totenbarke aus der Vergangenheit, jedenfalls reagierte die Besatzung des Passagierschiffes nicht. Kein Horn erklang, und es gab auch keinen Scheinwerfer, der über die Wellen geisterte.

Die Minute schrumpfte zu Sekunden zusammen.

Ghamal mußte sich entscheiden, wollte er nicht wie ein Getreidekorn zwischen den Mühlrädern zermalmt werden.

Er entschied sich.

Mit einem Satz erreichte er den Rand seines Bootes, knickte noch einmal in den Knien ein und stieß sich ab.

Es war ein gewaltiger Sprung, der ihn über die Reling katapultierte. Für einen Moment sah er die gurgelnde Strömung, und er bekam auch Angst, in den Sog der Schiffe zu geraten, dann schluckte ihn das schwarze Wasser.

Wie ein Stein sackte er ab. Er wurde dem Grund entgegengedrückt. Kurz bevor er ihn erreichte, führte er die ersten Schwimmbewegungen durch, geriet auch mit den Füßen in den Schlamm, wühlte ihn zu Wolken hoch, tauchte aus ihnen heraus und schwamm in einem schrägen Winkel der Oberfläche entgegen, die er hart durchstieß.

Weit riß Ghamal den Mund auf, pumpte Luft in seine Lungen, keuchte, hustete und schleuderte sein schwarzes Haar zurück, um besser sehen zu können.

Wie ein Gebirge erhob sich das gewaltige Passagierschiff vor seinen Augen. Er spürte schon die ersten Wellen, und Todesangst umklammerte sein wild pochendes Herz . . .

*

Jemand hatte mal die Stadt Kairo als einen Ozean aus sandfarbenen Gebäuden beschrieben.

So kam sie Suko und mir auch vor, als wir über ihr schwebten und die Maschine zur Landung ansetzte. Es war früher Mittag, so daß wir bis zur Abfahrt des Schiffes noch einige Stunden Zeit hatten. Wir würden die Nacht über durchfahren, hineinstoßen in die Finsternis Ägyptens und eine wirklich abenteuerliche Fahrt unternehmen.

Sehr viele Informationen besaßen wir nicht, deshalb mußten wir uns einfach überraschen lassen, wie alles weitergehen sollte. Wir vertrauten dabei auf unser Glück, aber auch auf die Gegner, die es zu erledigen galt. Ich hoffte nur, daß sie sich zeigten. So faszinierend sich die Götter- und Sagenwelt der alten Ägypter auch gab, ein sehr gutes Gefühl hatte ich nicht, das mußte ich ehrlich zugeben.

Bei Zombies, Vampiren und ähnlichen Wesen wußten wir immer, was uns erwartete. Bei Gestalten irgendwelcher Mythologien war dies nicht der Fall.

Also warteten wir ab.

Die Landung verlief glatt. Ein Hotelzimmer hatten wir nicht bestellt, denn wir wollten direkt zum Schiff fahren.

Professor Barkley atmete sichtlich auf, als die für Suko und mich sehr warme Luft in sein Gesicht blies. Die Augen des Wissenschaftlers glänzten. »Hier fühle ich mich wohl«, erklärte er.

»Dann ist Ägypten zu einer zweiten Heimat für Sie geworden, nicht wahr?«

»Nein, Mr. Sinclair, zu meiner ersten Heimat.«

Jeder war eben anders. Ich fühlte mich in Europa wohler, und Suko, dem Chinesen, erging es ebenso.

Wir erwischten ein Taxi. Eine alte Rostlaube, die noch aus den sechziger Jahren stammte.

Der Fahrer grinste uns an. »Wohin die Gentlemen?« fragte er.

Professor Barkley kannte sich aus. Er nannte das Ziel: »Zum Hafen, aber keine Umwege, mein Freund, ich kenne mich in Kairo aus«, drohte der Professor.

»Nein, wo denken Sie hin? Bei Allah und meinen sechs unmündigen Kindern.«

»Du hast bestimmt kein einziges Kind, du Lügner.«

»Aber Sir . . .«

»Fahr los!« Barkley nahm neben dem Fahrer auf einem zerschlissenen Sitz Platz und rieb sich die Hände. Wie ein Teppichhändler von der Levante, der mal wieder einen Kunden übers Ohr gehauen hatte. Der Professor fühlte sich eben sehr wohl.

Suko und ich grinsten uns an. Wenig später grinste ich nicht mehr. Da war ich ein wenig zur Seite gerutscht und spürte an meiner rechten Pobacke eine Sprungfeder. Auch damit mußte man rechnen. Ebenso wie mit Fahrern, die schon lebensmüde waren.

Unserer gehörte dazu.

Wie er durch den Straßenwirrwarr Kairos fuhr, das grenzte wirklich schon fast an Selbstmord.

Zu Beginn der Fahrt waren die Straßen noch überschaubar. Je mehr wir uns vom internationalen Flughafen entfernten und in Richtung Südosten fuhren, um so stärker wurde der Verkehr. Zudem führte die Straße in entgegengesetzter Richtung nach Suez. Da herrschte stets viel Betrieb.

Am Opernplatz fuhren wir vorbei und sahen auch das gewaltige sandgraue Gebäude der Hauptpost.

Hier nahm uns der Betrieb gefangen. Hupen, Schimpfen, Geschrei und Lärm. Das alles störte uns, aber den Fahrer und unseren Professor nicht. Der Ägypter am Steuer betätigte ebenfalls seine Hupe, und die war so laut, daß ihr Geräusch sogar einen »parkenden« Esel erschreckte, der seinen Karren plötzlich mit einem heftigen Ruck anzog.

Wir wühlten uns durch. Leider gab es keine Ampel. Dafür eine hübsche Verkehrspolizistin, die versuchte, das Chaos zu bewältigen und inmitten des Trubels wie ein ruhender Pol wirkte.

Der Professor drehte sich um. Dabei hob er die Schultern.

»Was ist denn?« fragte Suko.

»Leider müssen wir am Midan al-Tahrir vorbei«, erklärte er.

»Und was ist das?«

»Sie wissen aber wenig von Ägypten. Das ist der Platz der Befreiung und gleichzeitig der Hauptkreuzungs- und Verkehrsknotenpunkt. Dagegen ist das hier noch harmlos.«

Ich verdrehte die Augen, lehnte mich zurück und ergab mich meinem Schicksal.

Suko tat es mir nach. Eine halbe Stunde später erreichten wir den Punkt und steckten fest. Diesmal half auch die lauteste Hupe nichts. Einmal schrammte ein anderes Fahrzeug an der rechten Seite unseres Taxis entlang.

Unser Fahrer begann zu schimpfen und zu toben. Er schlug auf das Lenkrad, stieß die Tür auf und sprang aus dem Wagen. Dabei hatte er Glück, daß ihm die offenstehende Tür nicht abgefahren wurde.

Der Fahrer des anderen Wagens hatte sein Auto ebenfalls verlassen. Die beiden Männer schrien aufeinander ein, lamentierten lautstark, und schließlich bekam unser Fahrer ein paar Scheine zugesteckt.

Sofort wurde er ruhig, grinste, und seine Wut verwandelte sich in Freundlichkeit. So war nun mal das Leben im Orient. Vor Überraschungen konnte man nie sicher sein.

Es ging auch irgendwann weiter, wobei der Fahrer jetzt ein Liedchen pfiff.

In einer langen, nie abreißenden Autoschlange fuhren wir in Richtung Nil auf die Kû al-Tahrir Brücke zu, über die wir auf die andere Seite des Stroms gelangten.

Im Vergleich zur Hektik dieser Stadt wirkte der gewaltige Strom wie ein sattes, träges Ungeheuer, das sich seiner Stärke durchaus bewußt war. Ich wunderte mich über den starken Verkehr, der auf dem Wasser herrschte. Kleine und große Boote kreuzten den Strom. Händler, Ausflügler, Fischer, es war alles vertreten.

»Nicht mehr lange, dann sind wir da«, erklärte uns der Professor.

»Hoffentlich.« Ich war es langsam leid, denn die Sonne hatte das Innere des Wagens aufgeheizt, und diese Temperaturen waren wir im November nicht gewohnt.

Die Scheibe an meiner Seite schloß nicht dicht. Deshalb drang auch der Staub von der Straße her in den Wagen und legte sich auf unsere Kleidung. Der Gestank ließ ebenfalls nicht auf sich warten, denn die grauschwarzen Auspuffgase fanden zielsicher ihren Weg.

Irgendwann erreichten wir dennoch unser Ziel. Immerhin waren wir über zwei Stunden unterwegs gewesen.

Der Fahrer war glücklich, nannte seinen Preis, und Professor Barkley begann zu lachen.

Die Summe wollte er nicht zahlen.

Die beiden Männer begannen zu handeln. Das Mienenspiel des Fahrers war fernsehreif. Auf die Hälfte einigten sie sich schließlich. Da hatte der Ägypter immer noch ein Geschäft gemacht. Fröhlich hupend brauste er mit seiner Rostkarre davon.

Mit unserem Gepäck schoben wir uns durch den Hafentrubel. Unzählige Male wurden wir angesprochen. Man wollte unsere Koffer tragen. Da hätten wir sie auch gleich Dieben überlassen können.

Hier lebte und brodelte der Orient. An den Straßenrändern hockten fliegende Händler. Es war nichts, was nicht verkauft wurde. Dazwischen sah ich kleine Gaststätten, meist im Freien.

Der direkte Bereich um das Schiff herum war abgesperrt worden. Rotweiße Gitter bildeten ein zum Schiff hin offenes Viereck. Wer keine Karten hatte, kam nicht durch. Männer in weißen Uniformen kontrollierten jeden sehr genau.

Auch uns.

Mit einem freundlichen Nicken ließen sie uns nach einer Weile passieren.

Es war wirklich ein gewaltiger Koloß, mit dem wir unsere Reise fortsetzen wollten. Schneeweiß, auf Hochglanz geputzt. An der zur Landseite liegenden Steuerbord-Reling standen die Passagiere wie Trauben und schauten auf den Trubel.

Ein Steg führte an Bord.

Bevor wir das Schiff betraten, mußten wir abermals eine Kontrolle über uns ergehen lassen, wurden anschließend von einem Steward begrüßt und zu unseren Kabinen begleitet. An Bord sorgten Klimaanlagen für angenehme Temperaturen.

Unsere Kabinen lagen nicht alle nebeneinander. Professor Barkley wohnte uns schräg gegenüber.

Mit Schiffstouren verband ich böse Erinnerungen. Ich brauchte da nur an die Norwegen-Kreuzfahrt zu denken, als die Conollys und ich von den Satans-Eulen überfallen worden waren.*

*Siehe Sinclair-Taschenbuch 73017: »Satans-Eulen.«

Es hatte damals heftige Kämpfe an Bord gegeben, bevor wir das Grauen stoppen konnten.

Überrascht war ich über die gediegene Einrichtung. Der Prospekt hatte nicht zuviel versprochen, aber dieses fahrende Luxus-Schiff gehörte auch dem Hilton-Konzern, und da erwartete man schon einen gewissen Standard. Wir hatten uns für eine Stunde später verabredet, dann sollte der Kahn auch ablegen. Die Zeit wollte ich für eine Dusche nutzen. Natürlich war alles vorhanden.

Das Bad konnte man als klein, aber fein bezeichnen, und es war auch pieksauber.

Ich fühlte mich wohl.

Noch besser fühlte ich mich, als ich mir den Staub vom Körper geduscht und andere Kleidung angezogen hatte. Schon klopfte es, und Suko betrat die Kabine.

Auch er hatte sich frisch gemacht, schaute auf seine Uhr und nickte.

»Was ist los?«

»Sollen wir uns das Ablegemanöver nicht anschauen?«

»Keine Lust.«

»Dann können wir auch gleich in den Salon gehen.«

»Das, mein Lieber, wollte ich gerade vorschlagen.«

Der Kapitän hatte zu einem Welcome Drink eingeladen. Er sollte eine Viertelstunde nach Ablegen beginnen. Professor Barkley wollte später nachkommen und zuerst die Abfahrt von Deck aus beobachten.

Sollte er.

Der Salon war elegant eingerichtet. Sehr viel Holz, Glas und spiegelnde Flächen. Das bräunliche Rot des Mahagoni-Holzes wirkte beruhigend. Ober waren dabei, zahlreiche Gläser zu füllen. Wir verzogen uns solange an eine der fünf Bars, die es in den Nebenräumen gab.

Kaum hatten wir unsere Plätze eingenommen, als ein gewaltiges Zittern den Schiffsrumpf durchlief.

Die Fahrt begann.

Suko und ich prosteten uns zu. Wobei mein Partner noch sagte: »Auf eine glückliche Heimkehr?«

Das wollte ich hoffen ...

*

Der Tag neigte sich dem Ende entgegen.

Einige Stunden auf dem Nil lagen hinter uns, und Suko und mich hatte es nicht mehr auf den unteren Decks gehalten. Wir waren hochgegangen, um im letzten Licht der scheidenden Sonne das vielleicht sehen zu können, was die Touristen aus Europa an diesem Land so interessierte. Wir fuhren fast in der Strommitte Richtung Süden.

Beide Ufer des Nils waren sehr fruchtbar. Das nutzten die zahlreichen Bauern aus. Sie hatten nahe des großen Stroms ihre Felder angelegt, wo sie Mais, Hirse, Gemüse und Obst anbauten. Mit Hilfe zahlreicher Kanäle bewässerten sie ihre Felder.

Oft standen Kinder am Ufer und winkten uns zu.

Hinter dem gut zehn Kilometer breiten Grünstreifen an der Westseite des Nils begann die Wüste. Zum Glück war die Luft von einer wirklich seltenen Sauberkeit. Wir konnten über diese fruchtbare Fläche hinwegschauen und sahen dahinter eine gelblichbraun schimmernde Weite. Dort lag die Wüste. Gefährlich, unheimlich. Wer sich dort verlief, war verloren. Professor Barkley gesellte sich zu uns. Er hatte einen Feldstecher aufgetrieben und reichte ihn mir.

»Wenn Sie genau hinschauen, können Sie die drei großen Pyramiden sehen«, erklärte er mir, »und etwas südlich davon liegt die Touristen-Stadt Sahara City.«

Ich stellte die Optik ein und erkannte tatsächlich die spitzen Kegel, die in den Himmel ragten. Das waren also die ersten Pyramiden. Nichts Neues für mich, denn ich hatte vor Jahren erlebt, wie eine gewaltige Mumie eine Pyramide sprengte und in Freiheit geriet. Mit einem Flugzeug hatten wir sie angegriffen und vernichtet.

Als stumme Zeugen einer fernen Vergangenheit ragten die Pyramiden aus der Wüste. So etwas wie Ehrfurcht überkam mich, als ich die Bauten sah. Was hatten die Menschen schon vor unserer Zeitrechnung alles geleistet!

Ich reichte das Fernglas an meinen Freund Suko weiter. Auch er zeigte sich beeindruckt.

James Barkley rieb sich die Hände. »Ich erliege immer wieder der Faszination. Es ist einfach gewaltig.« Er räusperte sich. »Haben Sie eine solche Pyramide schon von innen gesehen, Gentlemen?«

»Das haben wir.«

Um uns herum standen zahlreiche Passagiere. Wir vernahmen auch einen Sprachenwirrwarr, doch Englisch überwog. Während es dunkler wurde, gingen die ersten zum Dinner. Auch wir begaben uns in den großen Spreisesaal, wo bereits gedeckt worden war. Wir konnten zwischen europäischer und einheimischer Küche wählen und entschieden uns für die einheimische, wobei wir uns von Barkley beraten ließen.

Wir nahmen Nilfische als Vorspeise. Als Zwischengericht kalte Bohnen in Öl, die wir in eine Sauce tunken mußten, und als Hauptgericht hatte Barkley Hammel bestellt.

Das Fleisch war gut, außerdem sehr heiß, so daß das Fett nicht stockte.

Der Professor lehnte sich zurück, trank ein Glas Wasser und stieß leicht auf. »Mir hat es gemundet«, sagte er.

Ich beugte mich vor. »Wann werden wir unser Ziel erreichen? Bleibt es bei Ihrer Annahme?«

»Ja, bei Sonnenaufgang.«

Da gab es nichts mehr zu sagen. Das Ziel, von dem der Mann immer gesprochen hatte, lag südlich der Stadt Memphis, allerdings auf der anderen Seite des Nils, wo der Professor eine alte Stadt entdeckt hatte, in der es zahlreiche Gräber gab.

Eben diese Mastabas.

Hier mußten wir die Spur des Totengottes Anubis aufnehmen, denn bisher hatten wir von ihm nichts mehr gesehen.

An Bord dieses Schiffes gab es auch Alkohol. Einen Whisky konnte ich schon vertragen und bestellte mir einen. Suko nahm nur Sodawasser, während der Professor Tee bestellte. Er süßte ihn stark und verzog freudig das Gesicht, als er den ersten Schluck genommen hatte.

»Wirklich hervorragend. Sie sollten ihn probieren, Mr. Sinclair!«

Ich hob mein Glas und ließ den Whisky kreisen. Die drei Eiswürfel klingelten eine Melodie. »Wissen Sie, Professor, ich bleibe bei einem anständigen Schluck Scotch.«

»Jedem das Seine.«

»Wollen Sie eigentlich immer in Ägypten bleiben oder zieht es Sie weiterhin nach London zurück?« fragte Suko.

»Nein, ich werde dieses Klima dem englischen wohl vorziehen. Ich habe vor, für immer in diesem Land zu bleiben.«

»Wo wollen Sie denn wohnen?«

Er lachte. »Jetzt werden Sie mich wohl für verrückt halten. Am liebsten außerhalb der großen Städte. Gewissermaßen zwischen den Pyramiden. Dort fühle ich mich am wohlsten.«

»Da haben Sie direkt ein Grab dabei«, meinte Suko ein wenig sarkastisch.

Das Gespräch plätscherte so dahin. Das Essen und die Luft hatten mich auch müde gemacht. So beschloß ich, einige Zeit auf dem Oberdeck zu verbringen. Suko wollte mitgehen. Der Professor mußte erst noch Tee trinken.

Es hatte sich abgekühlt. Ein wunderschöner samtblauer Himmel lag über uns. Bedeckt mit funkelnden Sternen und einem fahlen, leicht abnehmenden Mond.

Eine wunderschöne Nacht zu der auch die Geräusche paßten. Das Klatschen der Wellen gegen den Schiffsrumpf, das Rauschen des Wassers, das Dröhnen der Motoren, das seltsamerweise nicht störend wirkte. Hin und wieder erschienen Lichter am Ufer. Sie wirkten fast so wie die Sterne am dunkelblauen Firmament. Musikklänge wehten zu uns hoch. Auf dem obersten Deck eilten Stewards geschäftig mit Tabletts hin und her. Sie boten Getränke an.

Ich nahm mir ein Glas. Die Flüssigkeit schimmerte rötlich. Als ich sie probierte, hatte ich das Gefühl, Öl zu trinken. Nein, das Zeug mochte ich nicht, deshalb stellte ich es wieder weg.

»Fast wie im Urlaub«, sagte Suko, als wir nebeneinander über das Deck schlenderten.

»Fehlt nur noch Anubis.«

»Daß du immer an so etwas denken mußt!«

»Liegt doch nahe, oder?«

»Sicher.«

Wir näherten uns mittlerweile der Brücke. Gewaltig wuchsen die Aufbauten vor uns in die Höhe. Hoch über ihr drehte sich eine moderne Radarantenne. Es gab auch weniger moderne Boote und Schiffe, die über den Nil tuckerten. Ziemlich alte Kähne. Ich erinnerte mich noch deutlich an ein Schiffsunglück, das vor einigen Monaten geschehen war. Einer der alten Kähne hatte Feuer gefangen und war gesunken. Dabei hatte es zahlreiche Tote gegeben.

Der Strom gurgelte und schmatzte. Wir waren die einzigen Gäste, die so nahe an die Brücke herangingen. Das war schon fast Sperrgebiet.

Zwei Matrosen beobachteten uns auch dementsprechend skeptisch, griffen aber nicht ein, sondern blieben breitbeinig und mit verschränkten Armen stehen.

Bis plötzlich eine Stimme aufklang. Über ein Megaphon erreichte sie die beiden Matrosen, die sich für einen Moment anschauten und dann losstürzten. Suko und ich hatten nicht verstanden, was gesagt worden war. Der Reaktion der beiden nach zu urteilen, konnte es sich um eine Alarmmeldung handeln.

Suko und ich schauten uns nur an. Bei irgendwelchen Dingen, die außerhalb der Norm lagen, reagierten wir immer skeptisch, auch vorsichtig und dennoch spontan.

Deshalb verfolgten wir auch den Weg der zwei Matrosen.

Wir sahen sie dicht an der Steuerbord-Reling. Einer hielt etwas in der Hand, einen runden Gegenstand, der an einer Leine befestigt war. Die Leine behielt er auch, den Gegenstand aber schleuderte er über Bord in den Fluß hinein.

Bevor er völlig verschwunden war, erkannten wir, daß es sich bei ihm um einen rotweißen Rettungsring handelte.

Da wurde jemand aufgefischt.

Wir sahen den Mann einen Moment später, als wir ebenfalls an der Reling standen.

Er hatte schon durch langes Schwimmen ziemlich viel Kraft verloren, schlug nur noch mit den Armen um sich, damit er sich an der Wasserfläche halten konnte.

Daß er den Ring so schnell zu fassen bekam, konnte er dem Werfer verdanken, der sehr gut gezielt hatte. Jetzt klammerte sich der Mann daran fest und wurde hochgehievt.

Ein gefährliches Unterfangen, denn das Boot machte weiterhin Fahrt. Wenn der Mann gegen die Bordwand knallte, konnte er sich den Schädel aufschlagen.

Die waren verrückt. Weshalb stoppten sie nicht die Fahrt, um dem Verletzten normal an Bord zu helfen?

Den genauen Grund erfuhr ich später. Zunächst einmal klingelte es auf der Brücke.

Das hörte sich nach Alarm an. Suko und ich drehten die Köpfe und schauten hin.

Durch die Helligkeit hinter den Scheiben geisterten Schatten. Die Offiziere waren aufgeregt, irgend etwas mußte sie furchtbar stören, und dann verlor das Schiff an Fahrt.

Endlich.

Die beiden Matrosen schrien dem Schwimmer etwas zu. Hoffentlich gingen die Worte nicht in der Geräuschkulisse unter.

An den ruckartigen, dennoch gleichmäßigen Bewegungen der Matrosen erkannten wir, daß sie den Mann weiter in die Höhe hievten. Sie hatten ihre Mühe dabei. Ihre Gesichter waren vor Anstrengung verzerrt. Suko sprang hinzu und half ihnen.

Jetzt lief es besser.

Der Mann wurde über die Reling gehoben. Er war erschöpft, aber nicht bewußtlos. Von allein konnte er sich nicht auf den Beinen halten. Kaum hatte er Kontakt mit den Schiffsplanken, beugte er sich nach vorn, spie Wasser und brach zusammen.

Suko und ich sprangen hinzu. Wir halfen ihm, damit er sich erholen konnte. Erschöpft blieb er sitzen, schaute uns an, und wir lasen die Angst in seinem Blick.

Von der Brücke näherten sich zwei Offiziere. Ich kannte die Dienstrangabzeichen nicht, aber sie hatten etwas zu sagen, denn sie scheuchten uns zur Seite.

»Hier sind Sie!«

Die Stimme kannten wir doch. Als wir uns umdrehten, kam Professor Barkley. Er war schnell gelaufen und blieb schweratmend neben uns stehen.

»Was hat es denn gegeben?«

»Einigen Ärger.«

»Wieso?«

Ich deutete auf den Männerpulk. »Sie haben einen Mann aus dem Fluß gefischt.«

Barkley nickte, ging zur Seite und bekam einen besseren Blickwinkel. Sofort kehrte er wieder zu uns zurück. Er hob die Schultern. Im Licht der schwachen Deckenbeleuchtung wirkten seine Züge seltsam bleich. »So wie der Mann angezogen ist, sehen die einheimischen Fischer oder Bauern aus«, berichtete er.

»Geschieht es oft, daß Boote im Strom kentern?« fragte ich.

»Nur bei Sturm. Die Fischer kennen die Gewässer.«

»Das Boot ist gar nicht gekentert«, sagte Suko. Er mußte es sehen, denn er stand an der Reling. »Da unten treibt eines. Wahrscheinlich gehört es ihm. Das Segel steht noch voll im Wind.«

Wir wollten es uns anschauen, als wir durch die heisere und laute Stimme des Geretteten abgelenkt wurden, denn er begann zu lamentieren und bewegte dabei nicht nur seine Arme, sondern auch den Kopf. Er deutete immer wieder auf den Fluß, sprach sehr schnell und hektisch, wobei sich die Worte überschlugen.

An dem Gesicht des Professors merkte ich, daß ihn dieser Bericht interessierte. Leider verstand ich die Worte nicht, so mußte ich eine Sprechpause abwarten, um mich bei James Barkley erkundigen zu können.

»Was hat er überhaupt gesagt?«

Barkley hob die Schultern. »Entweder ist er geistesgestört, was ich aber nicht glaube, oder er hat tatsächlich ein so seltsames Erlebnis hinter sich.«

»Und was?«

Der Professor runzelte die Stirn. »Er redet von einer unheimlichen Totenbarke, die er gesehen haben will.«

»Wo?«

»Hier auf dem Nil.«

Ich versuchte zu lächeln, doch Barkley schüttelte den Kopf. »Er ist vor der Barke geflohen. Zudem war sie besetzt. Mit Gestalten, die er nicht indentifizieren konnte.«

Der Professor redete nicht mehr weiter, weil der Gerettete wieder sprach. Er hatte ein paarmal tief Luft geholt. Auf seinem noch jungen Gesicht glänzte die Nässe. Das Wasser lief in langen Tropfbahnen daran entlang, und wieder stieß er die Worte hektisch aus.

Wir waren ruhig, nur Barkley lauschte sehr gespannt. Der Professor, Suko und ich bekamen mit, wie der junge Mann über die Reling hinwegdeutete und etwas zeigen wollte.

Wahrscheinlich das Boot, das wir schon längst entdeckt hatten.

James Barkley strich über seine Wangen, bevor er sich wieder an uns wandte und übersetzte. »Es hat einen Toten gegeben. Er muß auf dem Deck des Bootes liegen. Es ist der Vater des jungen Mannes.«

»Ist der Mörder bekannt?« fragte ich.

»Ja, es war eine lebende Mumie.«

Ich schaute den Professor für einen Moment scharf an. »Haben Sie sich nicht verhört?«

»Nein, der Junge hat die Mumie sogar noch getötet, wie er behauptet.«

»Womit?«

»Er stach ihr mit einem Messer in die Augen.«

»Das paßt, John«, sagte Suko.

Und ob das paßte. Wir hatten es ja selbst erlebt. Auch mir war es gelungen, Mumien auf diese Art und Weise zu töten. Allerdings nicht mit einem Messer, sondern mit Pistolenkugeln. Mit geweihten Geschossen, die ich in die Augen setzte und somit voll ins »Leben« traf. Ich glaubte ihm.

Suko ebenfalls, und der Professor zweifelte auch nicht länger. Als wir wieder über die Reling schauten, war das Fischerboot schon abgetrieben worden. Der junge Mann weinte, aber mir ging eine seiner ersten Aussagen nicht aus dem Kopf.

Er hatte von einer Totenbarke gesprochen. Darauf wollte ich noch genauer kommen.

»Wo kann die Barke jetzt sein?« fragte ich.

Ratlosigkeit zeichnete unsere Gesichter. Wir jedenfalls hatten sie noch nicht zu Gesicht bekommen. Sie mußte aber auf dem Strom gefahren sein, falls sich der junge Mann die Geschichte nicht ausgedacht hatte.

Suko schlug vor, einen Blick vom Bug des Schiffes zu werfen. Den Weg dorthin schafften wir im Laufschritt. Die ratlosen Offiziere ließen wir zurück.

Vor uns befand sich eine weite Rundung. Es gab zwischen Bugspitze und Brücke noch ein zweites Schwimmbad, doch der Pool war abgedeckt. Das Boot hatte wieder Fahrt aufgenommen. Wir konnten auf den Fluß schauen und sahen das düstere Gewässer frei vor uns.

Direkt in der Tiefe schäumte der weiße Schaumbart, den der Bug vor sich herschob.

Erst jetzt wurde uns die Breite des mächtigen Stroms richtig bewußt. Er kam uns vor wie ein schwarzes Meer. Kaum Lichter an den Ufern, vorn lauerte die Dunkelheit, und es waren auch keine weiteren Schiffe unterwegs.

Eine Totenbarke sahen wir ebenfalls nicht.

»Vielleicht war es doch eine Täuschung«, meinte Suko.

Was sollten wir ihm darauf sagen. Nichts. Uns blieb allerdings auch das Wort im Halse stecken, denn bevor wir uns versahen, schälte sich dicht vor unseren Augen etwas hervor.

Zum Greifen nahe war es.

Suko und ich waren stumm. Der Professor sprach das aus, was wir beide dachten.

»Die Totenbarke!«

Ich sah noch den grün schimmernden, übergroßen Kopf eines Schakals, spürte die Hitze meines Kreuzes, und im nächsten Augenblick wurden wir von der geisterhaften Barke gerammt . . .

*

Alles ging so schnell, daß nicht einmal jemand schrie. Man kam überhaupt nicht dazu, denn es war kaum ein Aufprall zu spüren.

Ich kam mir vor wie in einem Kinosessel sitzend, aber ich erlebte kein Kino, sondern Wirklichkeit, denn es hatte tatsächlich eine Kollision zwischen zwei Schiffen gegeben.

Eines davon war existent, das andere nicht. Man konnte es als feinstofflich bezeichnen.

Wie auf einer Leinwand glitt das Schiff lautlos an uns vorbei und hindurch.

Ich sah die unheimlichen Gestalten auf dieser Totenbarke, den häßlichen grünen Kopf des Schakals mit seinen funkelnden Augen und konzentrierte mich danach auf die anderen »Passagiere« der Totenbarke.

Mumien!

Kleine, in altes Leinen gewickelte Gestalten. Unheimliche Geschöpfe, grausam anzuschauen mit tückischen Augen. Sie standen da und wachten über einen Sarkophag, der verschlossen war.

Er war sehr hoch, stand zudem auf einem Podest und war reichlich verziert. Wir sahen die Beigaben, die man dem Toten damals mit ins Grab gegeben hatte. Es waren seine persönlichen Gegenstände und auch Lebensmittel. Alles noch erhalten.

Das Heck der Totenbarke erschien, und dort hielten sich abermals die Mumien als stumme Wächter auf.

Dann war sie vorbei und hindurch.

Ich kam mir vor, als hätte irgend jemand für genau die Zeitspanne, die die Barke benötigte, um unser Schiff zu passieren, die Zeit angehalten. Erst als wir sie nicht mehr sahen, atmeten wir wieder tief durch, und ich schaute Suko an.

Der Inspektor wischte über das Gesicht. Dabei machte er den Eindruck, als wäre er aus einem tiefen Traum erwacht.

Professor James Barkley stand da und schüttelte den Kopf. Für ihn war dieser Vorgang ebenfalls ein Phänomen gewesen, er wußte dafür keine Erklärung.

»Nun?« Ich unterbrach das Schweigen.

»Tut mir leid«, sagte der Professor.

»Wissen Sie wirklich nicht Bescheid?« hakte Suko nach.

Er hob die Schultern. »Im Prinzip ja, aber es ist irgendwie zu unwahrscheinlich.«

»Reden Sie trotzdem.«

»Ich kenne die Barke.«

»Das hatte ich mir fast gedacht, Professor.«

Er schaute mich an. »Eine Erklärung zu finden, ist so gut wie unmöglich, ich weiß nicht, wo die Barke herkommt, denn sie hätte eigentlich woanders liegen müssen.«

»In der Grabkammer.«

»Ja.«

»Ist die denn so groß?« wollte Suko wissen.

»Natürlich. Mit den Gräbern der Pharaonen nicht zu vergleichen, aber die Reichen im Lande, die auch zum Hofstaat der Pharaonen gehörten, besaßen sehr große und auch kunstvoll ausstaffierte Gräber. Da paßt so eine Barke hinein.«

»Kann in dem Sarkophag dieser Per-nio gelegen haben?«

»Das nehme ich sogar an, Mr. Sinclair.«

»Dann wäre er jetzt frei.«

»Und ich bin schuld. Ich habe schließlich sein Grab geöffnet. Ich hätte es sein lassen sollen.« Der Professor drehte sich abrupt um, griff mit beiden Händen nach der Reling und starrte auf das dunkle Wasser.

Suko und ich schwiegen. Wir schauten uns dabei um. Automatisch glitten unsere Blicke hoch zur Brücke. Dort sahen wir Licht hinter den Fenstern und auch die Gestalten der Offiziere. Sie Taten ihren Dienst, als wäre nichts geschehen.

War überhaupt etwas geschehen? Oder hatten wir nur eine Fata Morgana erlebt?

Fast glaubte ich selbst an eine Halluzination. Aber nicht nur ich hatte sie gesehen, auch Suko und Professor Barkley war dieses unheimliche Totenschiff erschienen. Demnach mußte mehr dahinterstecken, als wir zunächst annahmen.

Was hatte diese geisterhafte Projektion zu bedeuten? Diese Frage stellten wir uns. Es war müßig, jetzt nach einer Antwort zu suchen, wir hätten sie nicht gefunden.

»Mich würde interessieren, wie die anderen Menschen den Vorgang aufgenommen haben«, sagte ich zu Suko. »Laß uns nach unten gehen!«

»Okay.«

Professor James Barkley schloß sich uns an. Es gab auch Fahrstühle auf dem Schiff, doch wir gingen zu Fuß.

Wenn Passagiere und Besatzung das geheimnisvolle Schiff überhaupt wahrgenommen hatten, so zeigten sie dies jedenfalls nicht, denn das Bordleben hatte keinen Knacks bekommen. Weiterhin schritten Stewards über die Decks und verteilten Drinks.

Im großen Tanzsalon spielte eine Kapelle. Diesmal ägyptische Klänge. Auf der Tanzfläche wiegten sich einige Paare. Manche waren in einen regelrechten Clinch gegangen.

Wir standen in dem großen Durchgang und schauten uns den Trubel aus der Nähe an.

»Das begreife ich nicht«, sagte der Professor. »Es ist alles so schrecklich normal. Man könnte an einen Traum glauben.«

»Damit bin ich nicht einverstanden, Professor. Ich habe bemerkt, wie mein Kreuz reagiert hat.«

»Ist das ein Beweis?«

»Für mich schon.«

»Wir könnten zur Bar gehen«, schlug Suko vor.

So etwas aus dem Mund eines Chinesen zu hören, klang recht seltsam. Aber er hatte recht. Einen Schluck konnten wir tatsächlich vertragen. Es brauchte ja nicht unbedingt etwas Alkoholisches zu sein.

Wir kämpften uns durch den Trubel bis zur Bar vor. Dabei umgingen wir die Tanzfläche, aber die Passagiere hatten sich auch rechts und links von ihr aufgebaut.

Ich schaute mir die Gesichter der Menschen an. Es waren nicht viele jüngere Passagiere unter den Fahrgästen. Diese Reise konnte sich eigentlich nur jemand leisten, der auch bereit war, tiefer in die Geldbörse zu greifen.

Viel Schminke war verwendet worden. Die Ladies oder die, die sich dafür hielten, hatten im wahrsten Sinne des Wortes dick aufgetragen. Die meisten Lippen waren zu dem typisch englischen Keep-smiling-Lächeln verzogen. Interessant tuend, aber dennoch nichtssagend.

In der Bar waren noch einige Plätze frei, in einer Nische, wo kaum Licht hindrang. Es war uns ganz recht, nicht so unter Blickkontakt zu sitzen, und der Keeper fragte nach unseren Wünschen. Daß wir alle drei nur Sodawasser tranken, wunderte ihn, und ich sagte: »Sie können es ja veredeln?«

Der dunkelhaarige Vollblut-Orientale erkundigte sich. »Wie darf ich das verstehen, Sir?«

»Ganz einfach. Sie legen ein paar Eiswürfel rein. Dann haben wir Wasser on the rocks.«

Jetzt wußte der Mann nicht, ob er lachen oder weinen sollte. Er entschied sich für die erste Möglichkeit.

Rechts neben mir atmete Professor Barkley tief ein. »Sie haben den Humor wenigstens nicht verloren, Mr. Sinclair.«

»Wenn der nicht mehr wäre, sähe es böse aus.«

»Da sagen Sie was.«

Wir bekamen unsere Getränke und nippten daran. Da wir für den Mixer uninteressant waren, wandte er sich anderen Gästen zu und erzählte einige Schwänke.

Da saßen wir nun.

Zunächst sagten wir gar nichts. Uns bedrückte noch dieses unheimliche Erlebnis. Ich mußte einfach einen Anhaltspunkt finden und dachte daran, daß ich, kurz bevor das Ereignis eingetreten war, mein Kreuz gespürt hatte. Es war ein kurzer, stechender Schmerz gewesen, es hatte sich also erwärmt. Bisher war ich nicht dazugekommen, nachzuschauen, das holte ich nun nach. Als mein Kreuz auf dem Handteller lag, reckten sich zwei Köpfe zur Seite, denn auch Suko und der Professor wollten schauen.

Beide waren so überrascht wie ich.

Es hatte sich etwas getan.

Noch jetzt glomm ein Zeichen ein wenig nach. Und zwar in einem schwachen Grün.

Es war das Auge auf dem linken Balken des Kreuzes. Nicht das Allsehende Augen, wie ich es eigentlich hätte annehmen können, sondern das Auge des Horus.

Das sagte der Professor auch, wobei er den Namen voller Ehrfurcht aussprach.

»Was hat es zu bedeuten?« fragte ich den Fachmann.

»Wissen Sie das nicht?«

»Klären Sie mich auf!«

Er streckte einen Arm aus, als wollte er das Kreuz berühren, zuckte dicht davor zurück und schüttelte den Kopf. »Nein, ich werde es Ihnen so sagen.«

»Bitte!«

»Horus war der letzte in der Linie der göttlichen Herrscher im alten Ägypten. Ein Sohn von Osiris und Isis, die ja kaum Bedeutung besaß, ihn aber versteckt großgezogen hatte, weil er von Seth, seinem Onkel, und dem Mörder des Osiris, nicht anerkannt wurde. Er wird von der Sonne geliebt, und man kann ihn als einen Sprößling der Götter bezeichnen. Dargestellt wird er oft mit dem Kopf eines Falken, denn sein Auge wacht stets über Dinge, die in der Welt geschehen. Er ist das Gegenteil seines Onkels Seth, den man als das Böse schlechthin bezeichnen kann. Ich würde diesen sogar mit dem Teufel gleichsetzen.«

»Dann hat Horus also etwas gesehen«, fuhr ich fort.

»Alles deutet darauf hin.« Der Professor schluckte. »Aber sagen Sie, woher haben Sie das Kreuz?«

Das war ich schon sehr oft gefragt worden, und ich wich einer Antwort stets aus. Hier machte ich keine Ausnahme. »Das ist eine lange Geschichte, wissen Sie.«

»Wollen Sie sie nicht erzählen?«

»Nein, lassen Sie mal!«

»Dennoch, dieses Kreuz ist faszinierend.« Er schüttelte den Kopf. »Wie es jemand geschafft hat, zahlreiche Mythologien unter einen Hut zu bekommen, wunderbar.«

»Sie kennen sich aus«, stellte ich fest.

»Zwangsläufig, wissen Sie. Da geht oft das eine in das andere über.« Der Professor trank einen Schluck. »Wenn Sie so forschen wie ich, reicht ein Menschenleben nicht. Es ist viel zu kurz, ich müßte normalerweise doppelt so alt werden. Das Gebiet ist so vielfältig, die Aufgaben sind so interessant, Sie finden immer wieder etwas Neues. Zum Beispiel . . .«

»Die Totenbarke.« Ich brachte ihn wieder auf den Boden der Tatsachen, bevor er sich noch zu sehr in Fahrt redete.

Er fing den Ball auf. »Die, zum Beispiel. Wo finden Sie noch etwas so Schönes?«

»Hat diese Totenbarke nicht Ähnlichkeit mit den italienischen Gondeln?« fragte Suko.

»Ja, einiges deutet darauf hin«, erwiderte der Professor. »Das kann ich nicht leugnen.«

Ich ergriff wieder das Wort. »Wobei sich uns die Frage stellt, wie die Totenbarke das Grab verlassen und über den Nil schwimmen konnte. Etwas anderes ist doch unwichtig.«

Barkley nickte betrübt. »Daran gebe ich mir die Schuld.«

»Weil Sie das Grab aufgebrochen haben.«

»Richtig.«

»Aber so etwas passiert nicht bei allen Gräbern. Überlegen Sie mal, wie viele Gräber schon aufgebrochen wurden! Das geht ja in die Tausende.«

»Da gebe ich Ihnen recht, Mr. Sinclair.« Barkley beugte sich vor. Sein Kopf geriet in den Restschein einer Lampe, und die Stirn wurde mit einem roten Muster bemalt. »Aber nicht alle

Gräber sind magisch gesichert oder einem Gott geweiht.«

»Dann haben Sie ein magisches Siegel zerbrochen«, stellte ich fest.

»So kann man es nennen.«

»Alte Flüche«, murmelte Suko. »Wir oft sind sie schon wirksam geworden? Man braucht ja nur die Reihe der Entdecker und Archäologen durchzugehen, dann kannst du eine Liste aufstellen. Die Schwingen des Todes haben viele erwischt.«

»So direkt und kraß wie hier war es aber nie«, gab ich zu bedenken. »Oder sehr selten.«

»Ob sie weitergefahren ist?« murmelte der Professor.

»Glauben Sie, daß die Barke ein Ziel hat?«

»Ja, Suko. Das Totenschiff wird nicht so einfach über den Nil geistern. Es muß irgendwohin.«

Ich drehte das Glas zwischen beiden Händen. »Unter Umständen hat es sein Ziel schon erreicht.«

Der Professor erschrak. »Wie meinen Sie das?«

»Wie ich es sagte. Vielleicht waren wir, also unser Schiff, das Ziel der Barke.«

»Dann müßte sie ja hier sein.«

»Möglich.«

»Aber unsichtbar«, sagte Suko.

»Das Wort feinstofflich gefällt mir besser«, hielt ich entgegen.

Barkley lachte. »Ich kann es mir nicht vorstellen.« Er vollführte eine kreisende Handbewegung. »Schauen Sie sich diese Leute doch hier an, Mr. Sinclair. Sie sind normal. Nichts weist darauf hin, daß man sie beeinflußt hat.«

»Noch nicht.«

»Dann rechnen Sie mit einer Veränderung?«

Ich hob die Schultern.

»Das ist mir alles zu vage«, erklärte der Professor. Er

rutschte vom Barhocker. »Jedenfalls schaue ich mich einmal oben auf dem Oberdeck um. Vielleicht bekomme ich da mehr Informationen.«

»Tun Sie das.«

Wir schauten ihm nach. Sehr gesprächig waren Suko und ich nicht. Was sollten wir auch sagen? Wir waren mit einem Phänomen konfrontiert worden, das keiner von uns richtig erfassen konnte.

James Barkley drängte sich an den tanzenden und im Wege stehenden Leuten vorbei. Er schüttelte mehrmals den Kopf und redete auch mit sich selbst. Für ihn gab es sehr viele Rätsel, die er einfach aufklären mußte, und er nahm wieder den breiten Aufgang, der zum Oberdeck führte. Leider hatte er auf diesem Schiff nichts zu sagen, denn er hätte gern mit dem Geretteten gesprochen, der hätte ihm sicherlich mehr sagen können. Nur wußte er nicht, wie er ein Gespräch begründen sollte.

Professor Barkley erreichte das Deck. Er ging noch einige Schritte, blieb stehen, schaute sich die Lichterkette an und hörte die aufgeregten Stimmen vom Achterdeck her.

Der Professor lief hin. Bereits nach wenigen Schritten erkannte er den Menschenpulk, der sich gebildet hatte. Er stand auf dem Deck und umlagerte einen Gegenstand.

Barkley wußte zwar nicht, um was es sich handelte, er konnte es sich allerdings denken, deshalb beschleunigte er seine Schritte. Wenn es um die Forschung ging und auch darum, etwas Neues zu entdecken, war der Professor nicht zu halten. Da entfaltete er Energien, die man schon als außergewöhnlich bezeichnen konnte.

Es paßte ihm nicht, daß so viele Leute im Weg standen. Er schob sie zur Seite und machte auch vor dem Pulk nicht Halt.

Barkley drückte sich durch.

Jetzt sah auch er, was die Neugierde der Menschen so angeregt hatte. Er selbst bekam große Augen, denn genau vor ihm stand die Totenbarke aus dem Grab ...

*

Die Knie wollten ihm nachgeben. Er ging einen kleinen Schritt zurück, seine Lippen zuckten, und er hörte die Gespräche der Passagiere nur wie ein fernes Brausen im Hintergrund. Ein paarmal schluckte er, öffnete den Mund, holte tief Atem und schlich vor.

Niemand traute sich so recht an die Barke heran. Die tollsten Vermutungen wurden geäußert. Keine kam der Wahrheit nahe. Erst jetzt hatte sich der Professor gefangen und konnte sich näher mit dem Totenschiff beschäftigen.

Er schaute genau hin und schüttelte den Kopf, denn die Barke war leer. Nichts und keine Spur von Anubis, diesem fürchterlichen schakalköpfigen Gott. Die Mumien waren ebenfalls verschwunden, und das größte Phänomen für ihn war der kostbare Sarkophag.

Er stand offen! Jemand mußte die Kraft gehabt haben und hatte den Deckel hochgeklappt. Er stand hochkant, und seine in Gold erstellte Figur des Toten auf dem Deckel glänzte in einem fahlen Schein.

»Das kann es doch nicht geben«, hauchte der Professor, schüttelte den Kopf, betrat die Barke und näherte sich sofort dem wichtigen Fundstück, dem Sarkophag.

Keine Mumie, keine Leiche. Per-nio, der Hohepriester, hatte den Sarg verlassen.

Aber wo befand er sich? Der Professor schaute zur Seite und dorthin, wo die Grabbeigaben des Toten gestanden hatten. Die persönlichen Gegenstände fehlten. Die hatte der Tote mitgenommen.

Ein Toter, der lebte!

Dem Professor schwindelte, als er daran dachte und mit unsicheren Schritten von der Totenbarke zurücktrat. Diesmal war sie existent und nicht feinstofflich. Er wurde von den übrigen Passagieren angestarrt, als könnte er eine Erklärung geben, aber niemand fragte ihn danach. Es war auch noch keiner der Offiziere eingetroffen, wahrscheinlich war die Totenbarke erst kürzlich entdeckt worden.

James Barkley war klar, daß er allein auf verlorenem Posten stand, deshalb mußte er seine beiden Begleiter von seiner Entdeckung unterrichten.

Um die übrigen Passagiere kümmerte er sich nicht, sondern drängte sich durch den Ring, um den Niedergang zu erreichen. Er wollte die Treppen nicht mehr nehmen, der Lift war schneller. In der Nähe fand er einen und drückte den Rufknopf.

Sekunden mußte er warten. Dabei schaute der Professor zurück. Er hörte von der Fundstelle hektische Stimmen und die lauten Organe der Offiziere. Jetzt waren die Verantwortlichen endlich eingetroffen.

Der Lift hielt.

Automatisch öffnete sich die Tür.

James Barkley befand sich schon in Bewegung, um in die Kabine zu steigen, als er abrupt stoppte.

Seine Augen weiteten sich, er konnte kaum fassen, was er sah, aber es war eine Tatsache.

Im Lift stand eine lebende Mumie!

*

Sie lehnte an der gegenüberliegenden Wand. Ein kleiner, in gräulich grün schimmerndes Leinen gehüllter Toter, der lebte, denn innerhalb einer freien Fläche im Gesicht schimmerte kalt und böse ein funkelndes Augenpaar.

Der Professor hielt den Atem an. Dieses Bild hatte ihn geschockt, und er würde den Teufel tun, aber nicht die Schwelle des Lifts übertreten.

Fast körperlich spürte er die Gefahr, die von der Mumie ausging. Es war wie ein Strom, der ihn erreichte, und seine Haut begann zu prickeln. Die Mumie tat nichts, sie stand nur da, und Sekunden dehnten sich wie Minuten.

Da niemand eintrat, reagierte auch die Tür. Automatisch schloß sie wieder.

Der Professor war bleich geworden. Er spürte das Zittern in seinen Knien und trat zurück. Jetzt erst war ihm richtig klargeworden, was er getan hatte. Durch die Zerstörung des Grabes hatte er Kräfte geweckt, die er nicht mehr kontrollieren konnte. Sie waren ihm aus der Hand geglitten, und seine Befürchtung hatte sich bewahrheitet.

Es war eine Lawine ins Rollen gekommen, die ihn leicht unter sich begraben konnte.

James Barkley war bleich wie ein Toter. Sekundenlang konnte er keinen klaren Gedanken fassen, bis er daran dachte, daß diese Mumie nicht die einzige auf der Totenbarke gewesen war. Es gab dort mehrere der alten, lebenden Leichen, und sicherlich hatten sie sich auf dem Schiff verteilt.

Die Menschen ahnten überhaupt nicht, in welch einer Gefahr sie sich befanden.

Dem Mann wurde heiß und kalt zur gleichen Zeit. Was er hier entdeckt hatte, durfte er auf keinen Fall für sich behalten, er mußte die beiden Männer vom Yard informieren, damit sie gemeinsam überlegen konnten, was nun zu unternehmen war. Da der Lift »besetzt« war und er den anderen nicht nehmen wollte, blieb ihm nur die breite Treppe.

Der Professor kannte sich auf dem Schiff aus. Er fand die Treppe und ging sie, so rasch es seine zitternden Knie erlaubten, nach unten.

Dabei bewegte er seine Lippen, sprach unhörbar vor sich hin und drückte sich selbst die Daumen, daß alles glattging.

In der Bar hatte man von den Vorgängen auf Deck natürlich nichts gemerkt. Es hatte sich auch nichts herumgesprochen. John Sinclair und Suko fand der Professor noch an der gleichen Stelle sitzend vor, wenn auch die Gläser inzwischen leer waren.

Uns fiel auf, daß sich James Barkley verändert hatte. Er kam uns wie ein erschöpfter Mensch vor, als er sich taumelnd in die Nische drückte und schweratmend stehenblieb.

»Was ist passiert?« fragte Suko.

Barkley leerte auch sein Glas. Hart setzte er es wieder ab. Sogar der Keeper wurde aufmerksam und schaute unwirsch in unsere Richtung. »Die Hölle ist los!« keuchte er. »Ich habe die Barke gesehen!«

Wir waren perplex, aber wir zeigten es nicht, denn Überraschungen gab es in unserem Job immer.

»Erzählen Sie!« sagte ich mit ruhiger Stimme.

Gespannt hörten wir zu. Der Professor begleitete seinen Bericht mit heftigen Armbewegungen, und er redete auch von der Mumie aus dem Fahrstuhl.

Das war ein Schlag.

Suko und ich wußten Bescheid.

»Wenn das so ist«, sagte ich, »müssen wir damit rechnen, daß sich alle wachenden Mumien auf unserem Schiff hier verteilt oder versteckt haben.«

»Ja, davon können wir ausgehen.«

Suko setzte ein nicht druckreifes Wort hinzu, während ich mich vom Hocker drückte.

»Wollen Sie hoch?« fragte Barkley.

»Natürlich. So etwas müssen wir uns ansehen.« Ich schüttelte den Kopf. »Es ist zwar kaum zu glauben, aber in unserem Job muß man immer mit Überraschungen rechnen.«

Die meisten Menschen wunderten sich bestimmt über unsere Eile, aber sie ahnten noch nicht, in welch einer Gefahr sie möglicherweise schwebten. Mir war klargeworden, daß es uns schwer gelingen würde, das Grauen zu stoppen. Wenn die Mumien, angetrieben von dem lebenden Toten Per-nio, Amok liefen, war alles aus.

Wir hasteten die Stufen hoch.

Unsere Gesichter waren hart, angespannt. Die Blicke überall. Ich suchte die Zeugen einer längst im dunkeln der Geschichte verschwundenen Vergangenheit, konnte bisher aber keinen entdecken.

Eins stand fest.

Der Fall, der in London einen so blutigen Anfang genommen hatte, war urplötzlich in eine heiße Phase getreten.

Der Pulk an Deck war größer geworden. Die Uniformen der Offiziere schimmerten in der Dunkelheit. Es waren auch Besatzungsmitglieder niederer Ränge dabei, die sich bemühten, einen Sperring um die Barke zu bilden. Sie hatten ihre Mühe, denn die Menschen wollten sehen, was sich dort abspielte.

Auch uns wollte man nicht durchlassen. Jetzt wuchs der Professor über sich selbst hinaus. Mit scharfer Stimme rief er einen Offizier an, der tatsächlich kam, und der Professor erklärte ihm, daß er Wissenschaftler und Ägyptologe war.

Der Offizier, ein schlanker Mann mit einem Menjou-Bärtchen auf der Oberlippe, hörte sich die Rede an und nickte schließlich. »Sie können durch, Professor.«

Damit waren auch wir gemeint.

Allein die Reaktion des Offiziers ließ darauf schließen, wie unsicher alle im Prinzip waren. Uns erging es da nicht viel besser, nur sahen wir die Sache etwas realistischer.

Wir bekamen die Barke zu Gesicht. Bisher hatte sich keiner getraut, sie zu betreten.

Wir machten den Anfang.

Ich hatte damit gerechnet, daß das alte Holz einbrechen würde. Dies war nicht der Fall. Es trug unser Gewicht, wir konnten in den Sarkophag schauen.

Er war tatsächlich leer.

»Per-nio ist verschwunden!« hauchte der Professor und schüttelte den Kopf.

Suko hob die Schultern. »Seine Wächter ebenfalls. Das Schiff ist verdammt groß. Sie können sich überall versteckt halten. Verdammt auch, wenn ich nur wüßte, was sie vorhaben.«

Ich warf meinem Freund einen schrägen Blick zu. »Mein lieber Suko, das erfahren wir früh genug.«

Der Kapitän kam. Zum erstenmal sah ich ihn. Ein kleiner Mensch mit dunkler Gesichtsfarbe. Die Haut wirkte so glatt und glänzend, als wäre sie mit Öl eingerieben worden. Er mußte schon vorher informiert worden sein, denn er stellte erst keine Fragen nach dem Woher und Wohin der Barke, sondern wandte sich an Barkley.

»Ich hörte, daß Sie Wissenschaftler sind.«

»Das stimmt.«

»Bitte geben Sie uns eine Erklärung!« Der Kapitän sprach Englisch, so daß auch wir ihn verstehen konnten.

Barkley hob die Schultern. »So leid es mir tut, Sir, aber das kann ich nicht.«

»Was?«

»Nein, ich habe keine.«

»Wer hat die Barke denn mitgebracht?«

»Niemand.«

Als der Kapitän sein Gesicht ärgerlich verzog, mischte ich mich in den Dialog ein. »Überlegen Sie mal, Sir«, sagte ich, »und denken Sie an die Aussagen des Schiffbrüchigen. Er hat doch auch von einer Barke gesprochen oder nicht?«

Der Mann in Uniform breitete die Arme aus. »Das sind doch Phantastereien. Nichts, das man ernst nehmen könnte.«

»Die Existenz der Barke beweist das Gegenteil.«

»Trotzdem. Ich kann einfach nicht mithalten. Ich möchte eine Erklärung haben.«

»Die Barke hat niemand von uns mitgebracht. Das widerspräche aller Logik«, sagte Barkley.

»Nennen Sie das hier logisch?«

»Nein.«

»Na bitte!« Der Kapitän lachte rauh. »Dann möchte ich gern wissen, wie sie hergekommen ist.«

Jetzt sagte auch Suko etwas. »Sie hat sich materialisiert.«

Der Mann in Uniform wollte er lachen. Dann änderte er seine Meinung und zog ein Gesicht, als fühlte er sich von uns auf den Arm genommen. »Wollen Sie unbedingt Streit mit mir? Was soll dieser dumme Ausdruck? Materialisiert . . .«

»Es ist eine Tatsache«, stand ich Suko bei.

Der Kapitän ballte die rechte Hand zur Faust und schlug damit in die Luft. »Dann beweisen Sie diese Tatsache auch.«

Da hatte er uns an der Basis getroffen. Wir konnten ihm nichts beweisen, leider.

»Momentan sind wir auf Vermutungen angewiesen«, sagte der Professor. »Aber es ist eine Tatsache, daß die Barke unser Schiff gerammt hat. Das müssen Sie doch auch gesehen haben.«

»Habe ich.«

»Na bitte.«

»Dennoch kann ich das nicht so akzeptieren, Professor. Man hätte etwas feststellen müssen. Wenn zwei Schiffe kollidieren, bleibt immer etwas zurück, das sollten auch Sie als Laie wissen.«

»Nicht wenn ein Schiff davon feinstofflich ist«, warf ich ein.

Er warf mir einen ätzenden Blick zu. »Sie sprechen wohl von einem Geisterschiff?«

»Richtig. Und dieses Geisterschiff hat sich nun auf einem der großen Decks materialisiert. Das ist alles.«

»Verrückt ist es. Völlig verrückt!«

Der Kapitän wollte einfach nicht begreifen und schüttelte den Kopf, bevor er tief einatmete. »Ich werde diese komische Barke entfernen lassen«, erklärte er mit fester Stimme.

»Und wie soll das vor sich gehen?« wollte ich wissen.

»Über Bord lassen.«

»Das können Sie nicht machen!«

Plötzlich regte sich Professor Barkley auf.

»Sie dürfen das Totenschiff aus frühgeschichtlicher Zeit nicht zerstören.«

»Was auf diesem Schiff geschieht, bestimme allein ich«, erklärte der Kapitän mit lauter Stimme. Die Umstehenden konnten es alle hören. Es waren nicht wenige, die sich hier versammelt hatten und dem Disput mit angespannten Gesichtern folgten.

»Es könnte zu einem Chaos kommen«, sagte ich.

»Halten Sie sich raus!« wurde ich angefahren. »Wer sollte hier ein Chaos veranstalten, außer Ihnen?«

»Die Besatzung des Schiffes.«

Jetzt schaute mich der Kapitän an wie einen Verrückten. »Sind Sie von allen guten Geistern verlassen, Mister? Ich sehe keine Besatzung, es hat nie eine gegeben, und es wird nie eine geben, es sei denn, Sie bleiben an Bord der Barke, wenn ich Sie aussetzen lasse.«

Dieser Mann war einfach nicht zu belehren. Ich hatte sogar Verständnis für seine Reaktionen. Wenn ein Mensch zum erstenmal mit übersinnlichen Dingen konfrontiert wird, reagiert er sehr emotional oder er hat Angst. Bei dem Kapitän traf sicherlich beides zu.

Schroff wandte sich der Mann ab und schaute einen der Offiziere an. »Sorgen Sie dafür, daß einige starke Männer kommen, um die Barke über Bord zu hieven.«

»Nein, lassen Sie!« Der Professor schüttelte den Kopf.

So war der Kapitän nicht zu überzeugen, dafür auf eine andere Art und Weise.

Suko hatte sich in den letzten Minuten zurückgehalten und nur beobachtet. Jetzt griff er ein, und deutete mit dem rechten Zeigefinger zum nachtdunklen Himmel.

»Da seht ihr es!«

Wir alle schauten hoch. Nicht nur der Mond schwebte über dem Schiff. Er hatte einen anderen Gegenstand hinzubekommen, der aus der Perspektive gesehen noch größer als der ansonsten fahl leuchtende Erdtrabant wirkte.

Es war ein Schädel.

Und der gehörte Anubis!

*

Nicht nur die unmittelbar beteiligten und in der Nähe stehenden Passagiere hatten den Ruf vernommen, auch die sich weiter im Hintergrund aufhaltenden.

Es gab keinen, der nicht den Kopf drehte und genau in die Richtung schaute.

Die Fratze stand am Himmel.

Grün leuchtend, gefährlich anzusehen. Ein gewaltiger Schädel, übergroß und Angst verbreitend.

Wir alle fühlten uns plötzlich unwohl, denn wir wurden von Anubis, dem Wächter im Totenreich, beobachtet.

Es rann mir kalt den Rücken hinab. Nicht nur wegen des Bildes, sondern weil ich auch an die zahlreichen Menschen auf dem Schiff dachte, die unter Anubis' Knute geraten konnten.

Selbst der Kapitän hatte seine Sprache verloren. Er stand wie angeleimt und völlig stumm auf dem Fleck, hatte seinen Kopf in den Nacken gelegt, schaute in den nachtdunklen Himmel und war nur auf diesen einen Punkt fixiert.

»Jetzt geht es los!« hauchte der Professor. »Die Geister der Vergangenheit schlagen zurück.«

»Das kommt mir auch so vor«, flüsterte ich.

Der Kapitän legte seine Starre ab und drehte sich, so daß er uns ansehen konnte. »Ich möchte von Ihnen eine Erklärung«, verlangte er. »Und zwar sehr schnell.« Seine Stimme war leiser geworden, sie besaß zudem einen leicht vibrierenden Unterton. Für mich ein Beweis für die Unsicherheit des Mannes, die uns ebenfalls erfaßt hatte.

»Bitte, Professor«, sagte ich.

»Das ist das Gesicht des Totengottes Anubis, das wir da am Himmel sehen«, berichtete er. »Sie als Ägypter müßten eigentlich wissen, wer Anubis ist und was er . . .«

»Hören Sie mit dem Quatsch auf, das ist Legende!« fuhr der Kapitän Barkley in die Parade.

»Hier wurde eine Legende wahr.«

»Ich kann Ihnen nicht folgen. Tut mir leid. Da hat sich jemand einen Scherz erlaubt. Anubis ist eine Sagengestalt. Er kann nicht kommen. Unsere Vorfahren haben ihn angebetet. Da müßte ja auch Osiris erscheinen können oder Re.«

»Re ist der Sonnengott, und die Sonne sehen Sie am Tage«, erklärte der Professor.

Er wurde von dem Schiffsführer angesehen wie ein Irrer. Der Kapitän hatte die Übersicht verloren. Er wußte nicht, was er noch unternehmen sollte, und auch seine Sicherheit verschwand allmählich.

»Anubis war nicht allein«, sagte ich. »Wir müssen noch mit einigen Überraschungen rechnen.«

»Was soll das heißen?«

»Sorgen Sie dafür, daß sich die Passagiere in ihren Kabinen aufhalten. So können Sie der bestimmt auf uns zukommenden Gefahr entgehen.«

Mit dieser Antwort hatte ich bei dem Kapitän einen schwachen Punkt getroffen. »Sie wollen mir Vorschriften machen?« schrie er mich an. »Auf meinem eigenen Schiff?« Seine Haltung wurde drohend. »Wenn Sie sich so stur zeigen, mache ich von meinem Recht Gebrauch und lasse Sie einsperren!«

»Sie sollten sich abregen«, sagte Suko lässig, »denn wir bekommen Besuch.«

»Wer ist es?«

»Schauen Sie!«

Der von Suko angekündigte Besuch war bereits von mehreren Passagieren entdeckt worden.

Die Menschen reagierten unterschiedlich. Einige schrien auf, andere blieben einfach stehen und wurden bleich, so daß sie mir wie erstarrte Salzsäulen vorkamen.

Ich stellte mich auf die Zehenspitzen, so konnte ich über die Köpfe der meisten hinwegschauen. Das war nicht mehr nötig, da eine Gasse gebildet wurde.

So konnten die Fremden hindurchgehen.

Es war die Besatzung der Totenbarke!

Ein unheimliches, grauenvolles Erlebnis stand uns allen bevor, denn wir sahen hier Gestalten aus einer fernen Vergangenheit. Diese Wesen hätten eigentlich schon längst tot sein müssen, doch ein kaum erklärbarer Zauber hatte sie befallen und hielt sie am Leben.

An der Spitze schritt Per-nio!

Obwohl ich ihn noch nie gesehen hatte, wußte ich genau, daß es sich nur um ihn handeln konnte. Er war der Hohepriester, der Mann, der dem Pharao diente, und der nun die Führung übernommen hatte.

Eine bemerkenswerte Gestalt.

Ich schluckte ein paarmal, und mein Blick pendelte sich auf diese Gestalt ein.

Per-nio war kleiner als die meisten Anwesenden. Er trug einen purpurroten Mantel, der mehr einem Umhang glich und dicht unter dem Hals von einer goldenen Spange gehalten wurde. Bei jedem Schritt flatterte das Kleidungsstück rechts und links auseinander. Per-nio hatte ein kittelähnliches Hemd an, das aus Goldfäden zu bestehen schien. Seine Beine waren frei. Die Füße steckten in flachen Sandalen, deren Riemen bis dicht unter die knochigen Knie reichten.

Ich schaute in sein Gesicht.

Es war hager. Die Haut glich bräunlich schimmerndem Fettpapier, und das Gesicht hatte Ähnlichkeit mit dem eines Vogels. Sehr scharf, äußerst kantig, mit einer gekrümmten, weit vorragenden Nase, sehr schmalen Lippen und Augen, deren Pupillen dunkel waren. Das Kinn »floh« ein wenig zum Hals hin, so daß sein Gesicht in der unteren Hälfte flach wirkte.

Er hielt in seiner rechten Hand die Grabbeigaben, die wir vermißt hatten.

Einen Obsidiandolch, der eine hellgrüne Klinge besaß, die

wie Perlmutt schimmerte. In der linken Faust hielt er eine bronzefarbene Schlange.

Seine Grabbeigaben und sicherlich auch seine Waffen.

Er war nicht allein gekommen, denn fünf Mumien begleiteten ihn. Zwei schritten vor ihm her, die restlichen drei hinter ihm.

Es war still geworden. Die Zuschauer hielten den Atem an, denn so etwas hatten sie noch nicht erlebt. Vielleicht dachten einige von ihnen an einen Gag oder eine Theateraufführung. Wir wußten es besser, auch der Kapitän mußte mittlerweile eingesehen haben, daß dies nicht zum normalen Unterhaltungsprogramm einer Nilreise gehörte. Was wir erlebten, war Magie, Schwarze Magie. Ein Zauber, den die Geschichte des Landes entlassen hatte.

Per-nio schritt wie ein König. Trotz seiner nicht sehr großen Gestalt kam er mir mit seiner aufrechten Haltung herrschaftlich vor.

Die Passagiere und auch die Offiziere kümmerten ihn seltsamerweise nicht, er hatte allein Augen für uns. Suko, der Professor und ich standen dicht beisammen. Per-nios Blick pendelte sich auf den Professor ein.

Er wollte ihn.

Etwa drei Schritte trennten uns noch von der unheimlichen Gruppe, als Per-nio stehenblieb.

Er sprach nicht, in seinem Gesicht regte sich nichts, und auch die Mumien-Begleiter vor und hinter ihm griffen nicht ein. Uns rann trotzdem eine Gänsehaut über den Rücken, und ich spürte wieder die Erwärmung des Kreuzes.

»Du!« sagte er, wobei ich ihn seltsamerweise verstand, obwohl ich die Sprache noch nie gehört hatte.

Auch Suko konnte ihn verstehen, das merkte ich seinem überraschten Gesichtsausdruck an.

»Du meinst mich?« fragte Barkley.
»Dich meine ich.«
»Was willst du von mir?«
Per-nio bewegte seine strichdünnen Lippen, bevor er den Mund ein wenig öffnete. »Du trägst die Schuld daran, daß der Fluch erwacht ist. Du hast die Kräfte des Anubis geweckt, die nun auf mich übergegangen sind. Ich, Per-nio, der Hohepriester der Königin, bin wieder zurückgekommen, und ich werde diejenigen bestrafen, die meine Ruhe gestört haben. Aber nicht nur das. Ihr habt geraubt und geplündert. Die Statue des Anubis wurde in ein fernes Land entführt, ohne daß ihr um ihr Geheimnis wußtet. Sie war nicht tot, sie lebte, aber ihr habt sie endgültig vernichtet. Blut kann nur mit Blut abgewaschen werden, und deshalb werdet ihr mitkommen, denn die Grabkammer ist groß genug. Wenn sie wieder verschlossen wird, liegen noch mehr Menschen in ihr . . .«
»Was soll der Quatsch überhaupt?« Es war der Kapitän, der diese Frage gestellt hatte. Er hatte sich von seiner ersten Überraschung erholt und mitbekommen, daß man ihm die Herrschaft über das Schiff aus der Hand genommen hatte. Das konnte er sich nicht gefallen lassen. Zwei Schritte mußte er vortreten, damit er zwischen Per-nio und uns stehen konnte.
Dabei starrte er den Magier aus dem alten Ägypten wütend an. »Sag mir endlich, was die Verkleidung soll!« zischte er. »Ich finde das nicht mehr zum Lachen . . .«
»Geh aus dem Weg!«
»Willst du mir hier Befehle geben!« schrie der Mann.
»John, das gibt gleich eine Katastrophe!« keuchte Suko.
»Lassen Sie ihn!« rief ich. »Sie sind doch nicht lebensmüde.«
»Halten Sie sich raus!« Der Kapitän war nicht zu belehren. Und er machte seinen zweiten Fehler. Sein rechter Arm

schnellte vor, er wollte Per-nio packen, als dieser die erste seiner Waffen einsetzte.

Ich konnte es nur deshalb sehen, weil ich mich etwas zur Seite bewegte. Ich bekam mit, wie die Schlange in seiner Hand erwachte. Sie lebte, riß ihr Maul auf, und in der nächsten Sekunde fauchte ein Feuerring daraus hervor.

Es lief alles so rasch ab, daß niemand von uns eingreifen und dem Kapitän helfen konnte.

Die Flamme erwischte ihn.

Mitten im Gesicht wurde er getroffen. Er schrie noch, torkelte nach hinten, wurde von mir aufgefangen, doch ich konnte ihn nicht halten, weil er zusammensackte und plötzlich schwer wurde. Mit den Knien zuerst fiel er auf das Deck, und seine Hände lösten sich allmählich von seinem Gesicht.

Er hatte keines mehr!

Nur noch eine verkohlte, restlos verbrannte Fläche war zu sehen. Der Kapitän bekam das Übergewicht, fiel nach vorn und schlug mit seinem verkohlten Gesicht auf die Planken.

Er war tot!

»Die Uraios-Schlange!« hauchte der Professor neben mir. »Uns bleibt auch nichts erspart.«

Ich ging auf seine Bemerkung nicht ein, weil die anderen wichtiger waren. Dieser Mord war vor zahlreichen Zeugen ausgeführt worden. Wie ich die Menschen kannte, mußte es bald zu einer Panik kommen, denn so ohne weiteres steckte niemand eine solche Tat weg.

Jeder war bleich geworden, aber es gab keinen, der sich rührte. Mir schien es, als würde über allen ein Bann liegen, der die Passagiere wie einen Mantel umhüllte.

Sie blieben stehen und schauten nur. Niemand drehte durch, obwohl in einigen Augen sehr deutlich die Angst zu lesen stand.

Per-nio schaute hoch. »So wird es jedem ergehen, der sich mir und meinen Dienern in den Weg stellt«, erklärte er. »Ist noch jemand da, der sich meinen Befehlen nicht beugen will?«

Suko und ich bestimmt. Wir hüteten uns jedoch, dies auszusprechen, denn wir wollten ihn nicht Amok laufen sehen, wobei unter Umständen Unschuldige in Lebensgefahr gerieten.

Am Himmel glühte noch immer der Kopf des Anubis!

Ein unheimlicher Wächter aus der Totenstadt, der alles beobachtete und unter Kontrolle hielt.

Sollte Per-nio versagen, würde er eingreifen, daran glaubte ich fest. Und er besaß die Macht des Jenseits, die wir wohl kaum stoppen konnten. Ich dachte daran, daß der Hohepriester sich zum Glück mit uns zufriedengeben wollte und nicht auch noch die Passagiere angriff, denn sie hatten ihm wirklich nichts getan.

»Bist du bereit, mit uns auf die Totenbarke zu kommen?« fragte er den Professor.

Barkley schwieg. Er schaute mich an, und ich gab ihm meine Antwort durch ein zustimmendes Nicken.

»Ja, ich werde kommen!«

»Und du?« Diesmal wurde ich angesprochen.

»Wenn es sein muß, begleite ich ihn.«

Ein krächzendes Lachen drang aus dem Mund des lebenden Toten. »Es bleibt dir nichts anderes übrig.« Er fixierte mich scharf. »Ich muß noch deinen Namen wissen.«

»John Sinclair.«

»Ein seltsamer Name.«

Ich hob die Schultern. »Man kann sich daran gewöhnen, und einige Feinde kennen ihn auch.«

»Welche Feinde?«

Ich hatte beschlossen, ein wenig auf den Busch zu klopfen, und sagte es ihm. »Wesen aus dem Geisterreich. Lebende Tote, zum Beispiel. Götter, Gestalten der Mythologie. Gegen all die habe ich bereits gekämpft und lebe noch immer.«

»Das wird sich ändern. Geht jetzt!«

Der Befehl war eindeutig. Auch Suko hatte ihn vernommen. Er fragte: »Was ist mit mir?«

Per-nio schaute ihn kurz an. »Mit dir habe ich nichts zu tun. Du kannst bei den anderen bleiben.«

»Und wenn ich nicht will?«

»Willst du sterben?«

Ich stieß Suko an. »Bleib ruhig auf dem Schiff!« hauchte ich. »Aber sieh zu, daß . . . «

»Schon verstanden, John.«

Es war klar, daß mir Suko als Rückendeckung dienen konnte. Wie ich meinen Partner kannte, würde er einen Teufel tun und inaktiv bleiben. Zum Glück hatte uns der Professor darüber informiert, wo wir das aufgebrochene Grab finden konnten.

»Steigt auf die Barke!« bekamen wir den Befehl des Priesters.

Der Professor drehte sich als erster um. Er mußte wenige Schritte gehen, und mit ihm betraten zwei lebende Mumien das alte Totenschiff. Es besaß am Bug und am Heck zwei geschwungene Hälse, allerdings keinen Baldachin, wie man ihn von den Barken der Pharaonen her kannte.

Der Professor mußte sich am Heck des Schiffes aufbauen und dort stehenbleiben. Bewacht wurde er von den Mumien.

Ich ging als nächster. Auch mich nahmen die uralten, lebenden Toten in die Mitte und begleiteten mich auf das Schiff. Als mein Blick den des Professors traf, las ich in dessen Augen Verzweiflung.

Ihm gegenüber mußte ich Aufstellung nehmen. Es war der etwas schmalere Bug. Mit dem Rücken stand ich zu ihm, schaute nach vorn und blickte somit über das Schiff.

Per-nio kam als letzter.

Würdevoll betrat er seine eigene Totenbarke, die man ihm vor Tausenden von Jahren in das Grab gestellt hatte. An seinem Gesicht waren keinerlei Gefühle abzulesen. Neben seinem Sarkophag blieb er stehen, hob die Hand mit dem Dolch und ließ sie wieder nach unten fallen.

Das Signal.

Ein zittern durchlief das Boot. Auch ich spürte es in den Knien, und im nächsten Augenblick glitten die Aufbauten des normalen Schiffes langsam vorbei.

Eine der seltsamsten Reisen, die ich je unternommen hatte, nahm ihren Anfang ...

*

Wütend und zähneknirschend blieb Suko mit den anderen Passagieren zurück.

Einen Toten hatte es gegeben. Ausgerechnet der Kapitän, dessen Gesicht nur mehr eine verbrannte Fläche war. Er trug seine weiße Uniform, lag auf dem Rücken, und zahlreiche Zuschauer konnten in das sehen, was einmal sein Gesicht gewesen war.

Die meisten wandten sich ab, weil der Anblick einfach zu scheußlich war.

Die Barke verschwand.

Sie war wieder entmaterialisiert und dennoch vorhanden. So glitt sie auch über das gewaltige Oberdeck und durchstieß Hindernisse, ohne sie im eigentlichen Sinne zu berühren.

So etwas ermöglichte allein die Schwarze Magie, für deren Ursprung es kaum eine Erklärung gab.

Alle schauten dem geheimnisvollen Schiff aus einer Zeit nach, dessen Besatzung durch zwei Menschen aus der Gegenwart verstärkt worden war. Ein Phänomen, nicht faßbar, mit dem man sich abzufinden hatte.

Die Barke entschwand. Sie hatte das normale Schiff verlassen, die Reling lag hinter ihr, und Suko starrte diesem unheimlichen Schiff aus der Vergangenheit mit flammenden Blicken nach.

Er hob den Kopf, schaute in den Himmel und glaubte erkennen zu können, daß sich der grün leuchtende Schakalschädel des Anubis immer weiter zurückzog, wobei er den gleichen Weg einschlug, wie ihn die Barke genommen hatte.

Damit löste sich auch der Bann, der bisher über den Menschen an Bord gelegen hatte.

Obwohl die Persönlichkeit der Passagiere nicht völlig ausgeschaltet gewesen war, hatten sie die schaurigen Vorgänge jedoch wie im Traum miterlebt, und nun erwachten sie aus ihm.

Sie starrten sich an.

Unverständnis und Nichtbegreifen lagen in ihren Blicken. Und sie sahen auch den Toten.

»Mein Gott!« Es war die schrille Stimme einer Frau, die die Stille zerriß. »Das ist ja der Kapitän.«

Im Nu entstand ein Chaos.

Plötzlich redeten alle durcheinander. Jeder wollte etwas sagen und seine Meinung bekanntgeben, doch auf keinen wurde gehört.

Suko entzog sich dem allgemeinen Trubel. Glasklar stand vor seinen Augen, wie er sich jetzt zu verhalten hatte. Er mußte dieser unheimlichen Totenbarke folgen.

Schwimmend schaffte er das natürlich nicht. Es gab nur die Möglichkeit: mit einem Boot.

Ein großes Schiff wie dieser Nildampfer besaß natürlich auf jedem Deck zahlreiche Rettungsboote. Darunter befanden sich auch einige Schlauchboote und die waren jeweils mit einem Motor ausgerüstet. Ein kleiner Außenborder, der seine Pflicht tat.

Auf so ein Boot spekulierte der Inspektor. Mit dem Lift fuhr er nach unten.

Wahrscheinlich würde sein Verschwinden überhaupt nicht auffallen. Die Leute hatten genug mit sich selbst zu tun, schließlich konnte man die Ereignisse nicht so ohne weiteres wegstecken. Wahrscheinlich würde die Flußpolizei und auch das Militär informiert werden. Wenn die offiziellen Stellen eintrafen, wollte Suko verschwunden sein. Das jedenfalls hatte er sich fest vorgenommen.

Zudem mußte er ständig an John Sinclair denken. Der Geisterjäger und der Professor waren Gefangene dieser seltsamen Totenbarke. Lebendig sollten sie begraben werden. Vielleicht ähnlich wie Aida und ihr Geliebter Radames, die in der Oper den Tod gefunden hatten.

Eingemauert bei lebendigem Leibe ...

Der Lift stoppte. Die Türen schoben sich zur Seite. Suko blieb einen Moment stehen, orientierte sich und fand nur wenige Passagiere in der Nähe. Die meisten hatten sich doch auf den oberen Decks verteilt. Von dort besaßen sie zudem einen besseren Ausblick.

Suko huschte zu den Rettungsbooten. Er hörte das Klatschen der Wellen.

Die Holzboote interessierten den Chinesen nicht. Sein Blick galt den großen Schlauchbooten, die aus einem sehr dichten Material bestanden, einen Außenborder besaßen sowie eine wasserdicht verpackte Notration, außerdem Signalraketen.

Die Boote waren zwar fest vertäut, sie ließen sich jedoch leicht lösen. Im Ernstfall mußte eben immer alles schnell gehen. Auch Suko schaffte es in einer Rekordzeit, schwenkte das Boot herum und ließ es zu Wasser. Er kappte mit seinem Messer kurzerhand die Leinen, das ging immer am besten.

Das Boot verschwand.

Geübt kletterte der Chinese auf die Reling, schaute nicht mehr zurück und sah deshalb nicht die Gestalt, die ihn schon seit einiger Zeit verfolgte.

Das Boot war abgetrieben worden. Suko sah es als eine schwarze Fläche auf dem ebenfalls dunklen Wasser treiben.

Dann sprang er.

Kräftig hatte er sich abgestoßen, klatschte kopfüber in das Wasser, tauchte unter und bekam nicht mit, daß sich noch eine zweite Gestalt, ähnlich wie er es getan hatte, von der Reling abstieß.

Zum erstenmal in seinem Leben nahm Suko ein unfreiwilliges Bad im Nil. Das Wasser war trotz der Tageshitze ziemlich kalt, die Strömung stark, und der Chinese mußte sich anstrengen, um das abgetriebene Schlauchboot zu erreichen.

Zudem geriet er in den Wellensog des Schiffes. Er wurde unter Wasser gepreßt, hatte große Angst vor der Heckschraube und tauchte weg.

Er mußte wieder hoch, schaffte es auch und geriet in die Ausläufer der schaumigen Wellenstreifen.

Wäre Suko nicht so ein geübter und kraftvoller Schwimmer gewesen, hätte ihn der Nil behalten. So aber kam er weg und erreichte schließlich auch das Schlauchboot.

Hart umklammerte er den dicken Wulst, hielt sich an den Tauen fest, die um den Wulst herumliefen, und quälte sich hoch, um sich letztlich ziemlich erschöpft in das Boot zu rollen, wo er auf dem Bauch liegenblieb und Nilwasser spie.

Sosehr ihm die Zeit auch im Nacken saß, Suko mußte sich einfach ausruhen und Luft holen. Er hustete ein paarmal stark, atmete tief durch und bekam wieder Luft. Endlich konnte er frei atmen.

Wie man mit einem Außenborder umzugehen hatte, wußte der Inspektor ebenfalls. Er fand die Zugleine, riß ein paarmal daran, vernahm das Leerlauf-Knattern und drückte sich die Daumen, daß der Motor ansprang. Beim dritten Versuch klappte es.

Suko blieb im Heck sitzen und spielte mit dem Gas, um Fahrt zu bekommen. Dabei hoffte er stark, das Passagierschiff überholen zu können.

Es blieb bei seinem Vorhaben, denn plötzlich erschienen dicht neben der Backbordseite zwei kalkig wirkende Hände, die herumgeschlagen wurden und die Taue auf dem Wulst umklammerten.

Sukos unheimlicher Gast war da!

*

Es war wirklich eine phantastische, unglaubliche Reise. Erinnerungen an die Geschichte von Sindbad, dem Seefahrer, wurden in mir wach, denn auch er hatte ja diese märchenhaften Reisen unternommen. Nur erlebte ich sie in Wirklichkeit.

Eine Mischung aus Realität und Traum, so kam mir alles vor. Wir schwebten dahin, obwohl ich festen Boden unter den Füßen spürte. Nur meine Gedanken wollten sich nicht so recht von mir beeinflussen lassen und ein Feindbild formen.

Ich konnte das Gefühl schlecht erklären, das mich überkommen hatte. Das Umfeld war ein völlig anderes geworden, und es sorgte durch seine Ausstrahlung dafür, daß ich mich mit ihm arrangierte. Keine Haßgefühle mehr, keine Gedanken an Rache, eher eine Lethargie. Das hatte diese Magie geschafft.

Es gelang mir wunderbar, meinen Zustand und mich selbst zu analysieren, dennoch war ich nicht in der Lage, irgendwelche Gegenmaßnahmen zu ergreifen.

Ich wurde geführt.

Ein anderer hatte die Herrschaft über mich an sich gerissen. Er leitete mich, und seinem Bann entkam ich vorläufig nicht. Andererseits wollte ich es auch nicht, denn auf eine gewisse Art und Weise war ich gespannt.

Wir hatten das Passagierschiff hinter uns gelassen. Eigentlich hätten wir jetzt fallen müssen, das geschah nicht. Wir glitten in einem Schwebezustand weiter und sanken nur allmählich der Wasseroberfläche entgegen, obwohl das auch nicht nötig gewesen wäre, denn irgendwie erinnerte mich diese Reise an den Fliegenden Holländer.

Kontakt mit dem Wasser.

Ich hörte die Wellen, ihr seltsames Rauschen, ihren Gesang, und ich hatte trotzdem das Gefühl, von ihnen meilenweit entfernt zu sein. Über uns aber lauerte wie ein allzeit bereiter gefährlicher Wächter der grünlich schimmernde Schakalkopf des Totengottes Anubis.

Er würde uns begleiten. Nicht nur auf dieser Welt, sondern auch in die andere, die jenseitige. Es sprach niemand. Per-nio hielt seinen Mund, und die ihn begleitenden Mumien waren sowieso stumm. Dennoch hatte sich etwas verändert. Die fünf unheimlichen Wächter waren jetzt bewaffnet. An einer Stelle, die wir zuvor nicht eingesehen hatten, mußten Schwerter gelegen haben, die sie nun in den gekrümmten und ebenfalls mit Bandagen umwickelten Klauen hielten.

Es waren seltsame Schwerter. Sie besaßen sehr schmale Klingen, die auch eine leichte Biegung aufwiesen und deren Metall einen grauen Schimmer hatte.

Das Boot glitt dahin und schaukelte nicht. Es schien die Wellen so gut wie nicht zu berühren, sondern nur über ihnen zu schweben.

Eine wirkliche Totenbarke . . .

Wir waren ziemlich schnell. Daran zu erkennen, daß das Passagierschiff doch weit zurückgefallen war. Nur noch einige Lichter schwebten über dem Wasser, vom Schiff selbst war so gut wie nichts mehr zu sehen.

Auch der Professor hatte seinen ersten Schreck überwunden. Für ihn mußte es so etwas wie eine Sternstunde gewesen sein, das alles zu erleben, trotz der Angst, die ihn umklammert hielt. Und der Forscherdrang wühlte sich bei ihm wieder durch, als er einen Schritt vorging, um die Totenbarke näher in Augenschein zu nehmen.

Dagegen hatten die Mumien etwas.

Bevor sich der Professor versah, machten auch sie die Bewegungen mit und kreuzten vor ihm die Klingen, so daß James Barkley gegen sie stoßen mußte.

Barkley grinste verwirrt und hob zum Zeichen seiner Aufgabe beide Arme. Die Mumien senkten ihre Schwerter.

Verdammt, wir befanden uns in der Klemme. Dabei dachte ich darüber nach, ob es sich lohnte, zu kämpfen. Sollte ich versuchen, mit der Beretta die Mumien zu töten?

Ich hätte schon ihre Augen treffen müssen, und das war schwer genug, wenn sie sich bewegten. Zudem befand sich noch Per-nio in der Nähe, und er war ebenfalls stark bewaffnet. Den größten Respekt hatte ich vor der Schlange.

Über ihre Bedeutung war ich mir noch immer nicht im klaren, der Professor schien da mehr zu wissen.

Ich wandte mich an Per-nio. »Weshalb dürfen wir nicht reden?«

Er schaute mich an. Erst jetzt fiel mir auf, daß ich zuvor nicht auf seine Haare geachtete hatte, und ich fragte mich, ob überhaupt welche auf seinem Kopf wuchsen.

Es sah nicht danach aus. Eine schwarzgraue Fläche bedeckte den Schädel des lebenden Toten.

»Was willst du sagen?« Wieder wunderte ich mich, daß ich seine Sprache so gut verstand.

»Wir sind Menschen, und Menschen sprechen nun mal miteinander. Ist es so schlimm?«

»Ihr wollt Pläne schmieden!«

Ich lachte. »Lohnt sich das denn?«

Scharfäugig schaute er mich an. Er hatte beide Arme halb erhoben und sie angewinkelt. Dolch und Schlange schauten aus seinen Fäusten. »Nein, es lohnt sich nicht. Die Schwingen des Todes werden euch immer ereilen, falls ihr etwas gegen mich plant.«

»Das wissen wir, deshalb werden wir uns hüten, zu versuchen, euch zu überrumpeln.«

»Dann redet.«

Auch der Professor hatte den Befehl vernommen. Ich drehte mich zu ihm und sah sein erleichtertes Lächeln. Die Mumien ließen ihn passieren.

Er kam zu mir und blieb neben mir. Sehr genau wurden wir von Per-nio beobachtet.

Auch das Schakalgesicht über uns am düsteren Himmel ließ uns keine Sekunde aus den Augen.

»Sieht schlecht aus, wie?« flüsterte der Professor.

»Wie man's nimmt.«

Barkley lachte leise. »Sinclair, machen wir uns nichts vor! Wir sitzen fest, und ich bin schuld.«

»Davon wollen wir mal absehen. Zum Glück hat man mich nicht entwaffnet.«

»Vertrauen Sie so stark auf Ihr Kreuz?«

»Nicht nur darauf. Aber mal was anderes, Professor. Was ist mit dieser Schlange?«

»Die Per-nio in der Hand hält?«

»Genau die.«

»Sie ist sehr gefährlich. Die Griechen haben sie Uräus genannt, die Ägypter Uraios. Man bezeichnet sie als Göttin, die in Gestalt einer kampfbereit aufgerichteten Kobra an der Stirn eines Königs sitzt. Sie gilt in ihrer Erscheinungsform als das Feuerauge des Sonnengottes Re, und sie versprüht ihr Feuer gegen die Feinde.«

»Demnach auch gegen uns.«

»Wenn wir Per-nio nicht zu Willen sind, bestimmt.«

»Gibt es ein Gegenmittel?«

»Mir ist nichts bekannt.«

Ich wechselte das Thema. »Was wird uns in dem Grab erwarten, Professor?«

»Der Tod.«

»In welcher Art?«

»Das kann ich nur raten. Man kann uns einschließen, einmauern, uns aber auch durch die Schwerter der Mumien umbringen lassen. Es gibt da verschiedene Möglichkeiten, und keine davon gefällt mit, wenn ich ehrlich sein soll.«

»Mir ebenfalls nicht.«

»Hätte ich doch nur diese verdammte Statue nicht mit nach London genommen«, ärgerte sich der Professor, »dann wäre uns wirklich viel erspart geblieben.«

»Wir haben ja noch Suko.«

»Vertrauen Sie fest auf Ihren Kollegen?«

»Noch fester.«

In den nächsten Minuten schwiegen wir. Bisher hatte sich nichts verändert. Das blieb so, denn aus dem dunklen Himmel löste sich der Schakalkopf des Anubis und glitt allmählich tiefer.

Er bot ein Bild des Schreckens, wie er immer näher kam und sich im direkten Kurs unserem Boot näherte.

»Was kann der wollen?«

Barkley gab mir keine Antwort. Ich bekam sie auch so, denn jetzt sah ich, daß nicht nur der Kopf am Himmel geschwebt hatte, sondern die gesamte Gestalt des unheimlichen Totengottes. Nur war der Kopf erleuchtet gewesen.

Es war kaum zu merken, daß Anubis landete. So glatt und sicher lief dieser Vorgang ab.

Der Schakal sah tatsächlich aus wie ein Stein. Wenn er sich nicht bewegt hätte, man hätte ihn für eine starre Figur halten können.

»Seinen Bruder habe ich mitgenommen!« hauchte James Barkley.

Der Schakal schien die Worte gehört zu haben, denn er drehte seinen Kopf und schaute Barkley tückisch an.

»Da kann man Angst bekommen!« flüsterte der Wissenschaftler.

Ich hob die Schultern, beobachtete weiter und sah das Zittern der Flanken.

Anubis kam.

Die mit dem Geist des Totengottes erfüllte Gestalt setzte sich schleichend in Bewegung und hatte sich uns beide als Ziel ausgesucht. Per-nio tat nichts, um ihn zurückzuhalten, und auch wir rührten uns nicht.

Ein Sprung.

Plötzlich streckte sich der Körper, und im nächsten Augenblick spürte ich die harten Vorderpfoten auf meiner Brust.

Der Schakal stemmte sie dagegen. Ich senkte den Blick und schaute in ein geöffnetes Maul, in dem Reißzähne schimmerten und der Rachen von innen grünlich ausgeleuchtet wurde.

»Sinclair, der wird Sie ...« James Barkley sprach nicht mehr weiter, denn der Schakal sprang wieder zurück und stieß dabei einen klagenden Laut aus, als hätte er sich verletzt.

Per-nio reagierte sofort.

Heisere Laute drangen aus seinem Mund. Augenblicklich setzten sich die Mumien in Bewegung und kamen auf uns zu. Die Schwerter hielten sie in den leicht vorgestreckten Armen. Ihre Augen zwischen den Binden in den Gesichtern funkelten böse, und alles deutete darauf hin, daß sie uns umbringen wollten.

»Auseinander!« Per-nios Befehl galt dem Professor und mir.

Da wir nicht lebensmüde waren, gehorchten wir.

Barkley verschwand nach links, ich ging nur ein wenig zur rechten Seite und spannte meinen Körper. Wenn Per-nio irgend etwas versuchen würde, dann ...

Mein Wille wurde träge.

Ich spürte die Beeinflussung und kam einfach nicht gegen diesen unsichtbaren Schatten an, der über der Totenbarke lag.

Hypnotisiert war ich nicht, mir war nur ein Großteil meiner Energie genommen worden, und ich tat auch nichts, als Per-nio auf mich zukam und den rechten Arm hob, in dessen Hand er den gefährlichen Obsidian-Dolch hielt.

Die Spitze deutete auf meine Kehle.

Mir wurde der Hals trocken. Ich spürte wieder das Kreuz, obwohl es mich keineswegs beruhigte, denn es hielt den uralten Ägypter und lebenden Toten nicht auf.

»Dein Blut für diesen Dolch«, sagte er mit rauher Stimme.

»Ich merke, daß du anders als die übrigen Menschen bist. Nie hätte der Schakal so reagiert ...«

Mitten im Satz brach er ab und stieß zu!

*

Sofort nahm Suko die Geschwindigkeit zurück. Er hatte das Paar Hände gesehen, das sich bleich und naß aus dem Wasser schob und dessen Finger sich an den Tauen wie die Beine einer Spinne am Netz festklammerten.

Suko zog seine Waffe. Er zielte genau in die Richtung, wo auch der Kopf des Menschen erscheinen würde, falls es überhaupt ein Mensch war.

Jemand schleuderte Haare aus der Stirn, ein bleiches Gesicht erschien hinter dem Wulst, verzerrte sich vor Anstrengung, als der junge Schiffbrüchige versuchte, sich in das Boot zu stemmen.

Suko hatte die Beretta längst sinken lassen und half dem Jungen dabei, sich über den Wulst zu rollen. Der Chinese fragte erst einmal gar nichts. Er war aber sauer, denn der junge Mann war ihm ein Klotz am Bein. Da er schon zuviel Zeit verloren hatte, gab er Gas und brauste ab, während sich der Junge allmählich erholte.

Auf dem Bauch lag er, die Beine hatte er angezogen. Er spie Wasser. Über Bord spritzende Gischt benetzte ihn wie ein kurzer Regenschauer. Auch Suko bekam einige Spritzer mit.

Am Heck des Bootes quirlte der Außenborder Schaumstreifen in den Fluß.

»Kannst du Englisch?« fragte Suko.

Der Junge nickte und schüttelte den Kopf, während er den Chinesen ängstlich anschaute.

»Was denn nun?«

»Ein wenig.«

»Immerhin etwas.« Suko lehnte sich bequem zurück und hielt mit einer Hand das Ruder. »So, und jetzt will ich von dir genau wissen, um was es eigentlich geht.«

»Ich wollte nicht mehr bleiben.«

»Das habe ich bemerkt. Und weshalb nicht?«

Der Junge funkelte Suko an. »Ich habe mich entschlossen, ihn zu rächen.«

»Wen?«

»Meinen Vater.«

Der Inspektor lachte. »Du hast seinen Tod schon gerächt. Oder war deine Erzählung eine Lüge?«

»Nein, das war sie nicht.«

»Na also.«

Der Junge zog blitzschnell sein Messer. Er starrte auf die Klinge. »Hiermit bringe ich sie um.«

»Falls sie dich lassen.«

»Das werden sie!« stieß der Junge hervor.

»Wie heißt du eigentlich?« fragte Suko.

»Ich bin Ghamal, der Sohn des toten Fischers Sadir. Sein einziger männlicher Nachkomme. Ich habe die Pflicht, die Mörder meines Vaters umzubringen.«

»Stell dir das nicht so leicht vor.«

»Ich schaffe es!« schrie der Junge und fuchtelte mit dem Messer herum, daß Suko schon Angst bekam.

»Steck das Ding wieder weg!« sagte er, »und mach dich nicht unglücklich damit!«

Ghamal ließ den rechten Arm sinken. »Du kannst mir nichts befehlen, gelber Mann.«

Suko mußte grinsen.

Gelber Mann hatte auch noch niemand zu ihm gesagt. »Vergiß nicht, wer hier der Chef an Bord ist«, sagte er danach drohend. »Ich habe die Kapitänsstelle übernommen. Ich befehle hier.«

Der junge Mann verlagerte zu heftig sein Gewicht, so daß das Boot anfing zu schaukeln. »Willst du mich rauswerfen?«

»Das kommt auf dich an!«

Ghamals Blick bekam einen wütenden Ausdruck. Er atmete heftig ein und aus. Schließlich sackte er zusammen und hob die Schultern. »Gut, ich sehe ein, daß du der Stärkere bist.«

»Dann ist ja alles klar.« In den nächsten Minuten interessierte sich der Inspektor nicht mehr für Ghamal, denn er konzentrierte sich darauf, das Passagierschiff zu überholen. Mit ihrem Boot bewegten sich die beiden Männer in Ufernähe. So würde es den Leuten auf dem Schiff schwerfallen, sie zu entdecken. Außerdem hatten sie andere Sorgen.

Wie ein großer, dunkler Schatten lag das Schiff im Wasser. Die Decks waren erhellt, auch auf der Brücke leuchteten die Positionslichter, doch die Außenbordwände lagen im Dunkeln.

»Das hätten wir geschafft«, sagte Suko, als das schwere Schiff endlich hinter ihnen lag. »Jetzt können wir uns auf andere Dinge konzentrieren. Auf dich, zum Beispiel, Ghamal. Wo soll ich dich absetzen?«

»Dort, wo die Mörder sind.«

Suko schüttelte den Kopf. »Das kannst du dir abschminken, mein Freund. Nein, ich nehme dich auf keinen Fall mit. Tut mir leid, mein Lieber.«

»Warum nicht?«

»Weil es zu gefährlich ist.«

Ghamal fluchte in seiner Muttersprache. Suko verstand kein Wort. Er konnte sich aber vorstellen, wie wütend der junge Mann war. »Ich habe bewiesen, wie ich mit dem Messer umgehen kann. Ich habe eine der Mumien getötet, du aber nicht.«

Suko winkte lässig ab. »Mumien zu killen, gehört zu einer meiner leichtesten Übungen. Ich habe sie schon erledigt, als du noch in den Windeln gelegen hast.«

»Gib nicht so an.«

Suko wurde sauer. »Sag, wo ich dich absetzen soll.«

»Nie!«

Der Chinese verdrehte die Augen. Dieser Bursche hatte ihm zu seinem Glück noch gefehlt. Nun, er war da, und konnte ihn nicht einfach über Bord werfen.

»Hast du es dir überlegt, gelber Mann?«

»Ja.«

»Und was ist dabei rausgekommen?« Ghamal hatte sich aufgestützt und schaute Suko erwartungsvoll an.

Er bekam keine direkte Antwort. Suko erwiderte mit einer Frage. »Kennst du die Gegend?«

»Du meinst den Nil? Ja, ich habe mit meinem Vater auf dem Nil immer gefischt. Es war phantastisch. Ich kenne jede Stromschnelle und jede Sandbank.«

»Nun übertreib mal nicht.«

»Tue ich doch nicht!«

»Gut«, sagte Suko. »Hoffentlich kennst du dich auch in der Nähe von Memphis aus.«

»Da war ich oft.«

»Wirklich?«

»Keine Lüge, gelber Mann.«

»All right, Ghamal. Dann bleiben wir zusammen und werden mal schauen, ob du die Wahrheit gesagt hast . . . «

*

Ich war darauf gefaßt, den reißenden Schmerz in der Brust zu spüren und wunderte mich noch darüber, weshalb ich mich nicht wehrte, aber das endgültige Aus kam nicht.

Per-nio stach zwar zu, doch er hatte den Dolch mitten in der Bewegung gedreht und schlitzte mit einem geschickten Schnitt das Hemd vom Kragen bis zum Nabel auf.

Die beiden Hälften klafften auseinander, frei lag meine Brust vor ihm, bis auf eine Kleinigkeit.

Es war das Kreuz!

Ich hatte es nicht wieder weggesteckt, sondern mir um den Hals gehängt. Jetzt baumelte das Kreuz vor meiner Brust und war den Blicken Per-nios zugänglich.

Erst starrte er mich an, danach senkte er den Blick und die Hand mit dem Dolch und schaute auf das Kruez.

Was er dachte, war seinem Gesicht abzulesen. Es zuckte, die Augendeckel klimperten, und er zeigte eine gewisse Unsicherheit, die mir wiederum Sicherheit gab.

Er konnte das Kreuz nicht überwinden!

Ich schielte an meinem Körper hinab. Auf dem Balken glühte das Auge des Horus.

Hatte es mich gerettet?

Per-nio brauchte noch immer Zeit, um sich zu erholen. Er stand mir gegenüber, Dolch und Schlange in seinen Händen zitterten, und der Blick war gebannt auf das Auge gerichtet.

»Horus!« stieß er hervor. »Was hast du mit dem Auge des Horus zu tun, du Mörder?«

Er redete, er tat nichts. Das war viel wert, und ich beschloß, die Situation für mich auszunutzen. »Seit ich in diesem Lande bin, Per-nio, wacht das Auge des Horus über mich. Es schaut auf die Gerechten und gibt ihnen Schutz sowie Sicherheit.«

Der Hohepriester hob beide Arme und schüttelte heftig den Kopf. »Nein!« drang es aus seinem Mund. »Nein und abermals nein! So kann man das nicht sehen. Du bist kein Gerechter. Du hast einen Mord auf dich geladen, du hast Anubis getötet, die Figur . . .«

»Sie hat ebenfalls gemordet«, stellte ich richtig.

»Das steht ihr zu, denn sie ist ein Gott. Anubis hat ihr die Kraft gegeben, deshalb darf sie es. Du aber warst anmaßend. Du bist nicht Horus, und du besitzt auch nicht dessen Auge. Als Fremder hast du dich in unser Land eingeschlichen, und als Fremder wirst du die Qualen eines Todes erleiden. Wer gab dir diesen Schutz?«

Damit meinte er das Kreuz. Ich sah nicht ein, daß ich ihm die Wahrheit erklärte, deshalb hob ich die Schultern und antwortete ziemlich wage. »Ein sehr weiser und alter Mann hat es mir überlassen. Dieser Mann wußte genau, was er tat. Jahre hat er benötigt, um das Kreuz herzustellen. Unter dem Einsatz seines Lebens ist ihm dies gelungen, und ich, der Erbe, der Sohn des Lichts, habe es bekommen.«

»Ich habe nie von einem Sohn des Lichts gehört. Deshalb bist du auch kein Magier.«

»Nein, ich halte mich nicht für einen Magier.«

»Für was denn?«

»Ich bin ein Mensch, der gegen die Mächte der Finsternis kämpft. Das wollte ich dir sagen.«

»Du wirst verlieren, Mensch. Die Schwingen des Todes und der Mächte der Finsternis kann niemand besiegen. Sie sind zu stark, ihre Reiche unermeßlich groß, und auch aus der jenseitigen Welt wachen sie mit scharfen Augen über uns.«

»Und wer wacht über dich?« fragte ich.

»Anubis.«

»Du warst nicht tot?«

»Nein, ich bin nicht wirklich gestorben. Ich habe schon zu

meinen Lebzeiten lange mit Anubis gesprochen. Ich bekam mit ihm Kontakt, und als ich angeblich starb, da war ich nur in einen tiefen Schlaf gefallen. Die Totenbarke fuhr nicht über den großen Fluß, um mich in ein anderes Reich zu bringen. Sie blieb, und ich blieb. So lag ich in dem Sarkophag und wartete. Der Zauber des Totengottes füllte meine Grabkammer aus. Er war mächtig, er war überall zu finden, ich wurde von ihm gefangen, und ich lag die langen Jahre eingeschlossen in meinem Sarg. Irgendwann einmal, das wußte ich, würde jemand meine Ruhe stören und mich wieder befreien. Das geschah. Ich weiß nicht, wieviel Zeit vergangen ist, aber es hat sich viel geändert. Die Welt ist eine andere geworden, doch Anubis und sein Geist füllten meine Grabkammer noch immer aus. So gab er den steinernen Wächtern Kraft, so sorgte er für mich und meine sechs Diener, daß wir nicht vergingen. Es hätte alles ruhig bleiben können, wenn da nicht ein sehr neugieriger Mann gekommen wäre und das Grab geöffnet hätte. Damit befreite er mich, aber auch den Geist des Anubis, der in die steinernen Wächter hineinfuhr. Einen hat der Mann mitgenommen und in eine fremde Stadt geschafft. Dort aber ist er dem Fluch und dem unheilvollen Zauber verfallen, denn Anubis läßt mit sich nicht machen, was der andere will. Er gibt die Befehle, und er gab mir auch den Befehl der Rache.«

»Er ist ein schlechter Gott«, sagte ich, »wenn er für die Rache spricht!«

»Nein, er ist gerecht!«

Per-nio war von seiner Meinung nicht abzubringen, aber er hatte es aufgegeben, mich zu malträtieren. Anscheinend hatte ihm mein Kreuz zu denken gegeben.

Das wäre nun der Zeitpunkt gewesen, wo ich hätte handeln müssen. Allein, mir war es nicht vergönnt. Mich hielt weiterhin dieses seltsame Gefühl umklammert, für das ich keine Erklärung wußte. Dabei bekam ich alles sehr genau mit, ich sah und hörte Einzelheiten, aber ich konnte nicht auf sie reagieren. Ein großer und sehr wichtiger Teil meines Willens war beeinflußt worden. Man hatte mir die Reaktionsfähigkeit genommen, und das empfand ich als schlimm.

Normalerweise hätte ich mich längst gewehrt und Per-nio erledigt oder es zumindest versucht, hier aber klebte ich gewissermaßen fest.

Der Hohepriester trat zurück. Auf seinem Gesicht las ich ein Lächeln. Die dünne Haut hatte sich an den Lippen verzogen, die Augen glichen funkelnden Steinen. »Du bist fürwahr ein besonderer Mann, John Sinclair, und deshalb steht dir auch ein besonderer Tod zu, das kann ich dir versprechen.« Es waren die vorerst letzten Worte, die er an mich richtete, denn er drehte sich um und schritt davon. Neben dem Sarkophag blieb er stehen. Genau dort hatte sich auch die Abbildung des Totengottes Anubis aufgebaut. Der Hohepriester streckte seinen Arm aus und legte ihn angewinkelt auf die Steinfigur.

Eine Pose, die ihm zustand, denn er diente dem Totengott mit allem, was er besaß.

Der Professor hatte unserem Gespräch natürlich zugehört. Als sich unsere Blicke trafen, sah ich das Unverständnis auf seinem Gesicht und wie er die Schultern hob.

»Was haben Sie?«

»Ich begreife es nicht«, erwiderte er. »Das ist mir zu hoch, Mr. Sinclair. Ich war immer der Meinung gewesen, viel über Ägypten zu kennen. Jetzt weiß ich, daß dies nicht stimmt.«

»Machen Sie sich nichts daraus, Professor. Sie werden bestimmt noch mehr lernen.«

Da sollte ich recht behalten.

Während meines Dialogs mit Per-nio und auch mit dem Professor war die Fahrt nicht eine Sekunde unterbrochen gewesen. Wir glitten weiterhin lautlos über das Wasser unserem Ziel entgegen.

Da wir schneller als das Passagierschiff waren, mußten wir das Ziel auch früher erreichen.

Für das große Schiff hatte es eine Anlegestelle gegeben. Die brauchte die Totenbarke nicht, und James Barkley sagte: »Die Barke wird dort anlegen, wo sich auch das Grab befindet. Das heißt, wir brauchen nicht mehr weit zu laufen.«

»Und wann werden wir anlegen?«

James Barkley hob die Schulter. »Es ist schwer zu sagen. Ich kann nicht feststellen, wie hoch die Geschwindigkeit ist, mit der wir fahren. Eine Stunde müssen wir wohl noch warten.«

Aus der einen Stunde wurden fast zwei. Dann änderte die Totenbarke ihren Kurs ein wenig und glitt ebenso lautlos wie immer dem linken Uferstreifen zu.

In mir wuchs die Spannung.

Es war gespenstisch, wie wir in das flachere Wasser hineinglitten und die ersten Sandbänke in Sicht kamen. Der Fluß war an diesem Ufer verschlammt. Ein großes Schiff hätte hier bestimmt keinen Anlegeplatz finden können.

Meine Handflächen wurden feucht. Irgendwann mußten wir Kontakt mit dem Boden bekommen.

Wir bekamen ihn nicht. Das Totenschiff verließ den Fluß und schwebte geisterhaft über das flache Land.

Genau vor uns, in Richtung Osten, schienen gewaltige Hände das Grau der Nacht aufzureißen. Es klaffte dort eine große Lücke am Firmament, und in ihr schien etwas mit ungemein großer Wucht zu explodieren.

»Die Sonne!« flüsterte der Professor. »Sie wird bald aufgehen.«

»Kann sie gefährlich werden?«

Barkley hob die Schultern. »Ich weiß es nicht, Mr. Sinclair. Anubis ist ein Gott der Dunkelheit, der Nacht. Es könnte sein, daß wir bei Sonnenaufgang im Grab sein müssen.«

Zum letztenmal die Sonne?

Verflixt, ich wollte nicht daran denken, aber mir kam tatsächlich der Gedanke.

Es wurde heller.

Im Osten wuchs das Flammenmeer am Himmel.

Und wir glitten weiter.

Am Ufer des Nils existierte nur ein schmaler, fruchtbarer Streifen. Nach einigen hundert Yards begann die Wüste.

Eine weite, unendliche Fläche, noch im Dämmer liegend, aber sehr bald würde die Sonne ihre heißen Strahlen auf die verbrannte, sandige, staubbedeckte Erde schicken.

»Wir sind gleich da!«

Die Stimme des Professors klang gespannt. Ein leichtes Vibrieren deutete zudem an, daß er sich vor irgend etwas fürchtete. Auch sein Forscherdrang war durch die Ereignisse schwächer geworden.

Mein Hals war trocken. Ich hätte gern von dieser Totenbarke heruntergewollt. Sosehr ich mich auch anstrengte, ich schaffte es nicht. Die Barke hielt mich umklammert, weil die Magie des Totengottes Anubis auch einen Teil meines Willens gelöscht hatte. Kaum vorstellbar, aber eine Tatsache.

»Da ist das Grab!« James Barkley streckte seinen Arm aus, und ich folgte mit meinem Blick dem ausgestreckten Finger.

Meine Augen wurden groß.

Eine Pyramide hatte ich nicht erwartet, auch kein normales Friedhofsgrab, wie wir es kannten, aber dieser Komplex, der sich aus der flachen Wüste erhob, glich in seinen Ausmaßen schon fast einem Bunker.

»Ist es das?« fragte ich den Professor.

Er nickte.

Die Totenbarke glitt weiter. Nicht einmal berührte sie den Grund, sondern fuhr dicht über ihn hinweg und nahm direkten Kurs auf den offenen Eingang des Grabes.

Er war ziemlich breit. Wir würden ohne Schwierigkeiten hindurchkommen, und ich sah hinter dem offenen Eingang die graue Dunkelheit, die dichter wurde, je tiefer wir in das Grab vorstießen.

Ich sah die alten Wände. Sie waren bemalt, und all die Zeichnungen hatten sich noch erhalten.

Zu schnell ging alles. So kam ich nicht dazu, mir die außergewöhnlichen Malereien und Kostbarkeiten anzusehen, aber ich hörte hinter mir ein beunruhigendes Knirschen.

Ich wollte mich umdrehen, der Professor hinderte mich daran. »Das brauchen Sie nicht, Mr. Sinclair. Ich kann Ihnen auch so sagen, was geschieht. Die Tür schließt sich allmählich. Wir sind jetzt schon so gut wie lebendig begraben ...«

*

Das Schlauchboot erwies sich in der Tat als ein Glücksgriff. Es war sehr schnell, was Suko überraschte.

Ghamal hatte ebenfalls im Heck des Bootes und neben Suko Platz genommen. In seinen Augen leuchtete das Feuer der Rache. Sein Messer, mit dem er eine Mumie getötet hatte, hielt er in der rechten Hand, wirbelte es hoch und fing es geschickt wieder auf.

Der junge Mann übte. Manchmal drangen harte Laute über seine Lippen. Suko verstand ihn nie, er konnte sich vorstellen, daß es Racheschwüre waren.

»Du solltst dich nicht von deinem Gefühl allein leiten lassen«, bemerkte er.

»Weshalb nicht?«

»Man verliert zu sehr die Übersicht.«

»Und was machst du? Bist du nicht mit dem Herzen dabei, gelber Mann?«

»Und ob, mein Lieber.« Suko hob eine Hand. »Vergiß nie, daß sich mein bester Freund in den Klauen dieser Wesen befindet.«

»Ja, das weiß ich. Und ich sage dir, daß du feige bist.«

»Wieso?«

»Du hast keinen Versuch gemacht, den Freund zu retten.«

»Auf dem Schiff nicht.«

»Da siehst du es.«

»Es ist Unsinn, was du redest, Ghamal. Was hätte ich denn machen sollen?«

»Kämpfen!«

»Haben wir nicht so, wie wir es jetzt machen, die größeren Chancen? Denk mal nach.«

Ghamal war ein wenig irritiert. Mit dieser Antwort hatte er nicht gerechnet. Er wischte Spritzwasser aus seinem Gesicht und hob die Schultern. »Aber wir wissen nicht, ob wir sie überhaupt noch finden.«

»Das will ich schwer hoffen.«

»Wie?«

»Schon gut. Bete lieber, daß wir genug Sprit haben, sonst kannst du paddeln!«

»Was ist paddeln?«

Suko hob das Ersatzruder hoch und grinste Ghamal an. »Das hier, mein Junge.«

»Ach so.«

Sie mußten gegen die Strömung fahren. Einem Passagierschiff machte dies nichts aus, bei dem Schlauchboot war es schon etwas anderes. Es verlor an Geschwindigkeit, hatte zu kämpfen und verbrauchte aus diesem Grunde mehr Sprit.

Deshalb hielt sich Suko mehr auf der rechten Uferseite des Flusses, wo das Wasser flacher war.

Im Dunkeln wirkten die in den Strom hineinstoßenden Sandbänke wie lange schwarze Zungen, über die die Strömung das Wasser trieb.

Zeit verging.

Andere Boote sahen sie so gut wie nicht. Nur einmal glaubten sie, einen langen Schatten in der Flußmitte zu erkennen. Der Schatten glitt aber stromabwärts.

Selbstverständlich hatte der Inspektor ständig Ausschau nach der Totenbarke gehalten.

Weder er noch Ghamal hatten das unheimliche Schiff entdecken können. Und auch der Kopf des Anubis war vom Himmel verschwunden. Alles schien sich gegen die Verfolger verschworen zu haben, und Sukos Hoffnung war längst nicht mehr so stark wie zu Beginn der Reise.

Dann war ihnen das Glück hold. Sie entdeckten zwar die Totenbarke nicht, dafür einen Reservekanister mit Benzin. Und den brauchten sie auch, denn der Motor begann schon zu stottern, und das Schlauchboot verlor merklich an Fahrt.

Suko füllte um.

Ghamal schaute ihm dabei zu.

»Dauert es eigentlich noch lange?« erkundigte sich der Chinese. »Nicht, daß wir schon vorbeigefahren sind.«

»Das glaube ich nicht.«

»Glauben heißt nicht wissen.«

»Es ist dunkel. Da sieht oft alles anders aus, mußt du wissen. Tut mir leid.«

»Mir auch.« Der Inspektor war mit seiner Arbeit fertig und atmete auf, als er wieder mit dem Gashebel spielen konnte und das Boot an Geschwindigkeit gewann.

Nach einer halben Stunde nickte Ghamal heftig, bevor er sagte: »Ich glaube, wir sind bald da.«

Sofort drosselte Suko das Tempo. Er schaute zum Himmel. Die Sterne begannen zu verblassen. Sie strahlten nicht mehr so hell und klar wie um Mitternacht. Ein Zeichen dafür, daß ein neuer Tag die Dunkelheit bald ablösen würde.

»Können wir hier irgendwo an Land?«

»Es gibt weiter stromaufwärts eine Anlegestelle. Da hätte auch das große Schiff anlegen können.«

»Junge«, sagte Suko. »Ich suche ein Grab und will es schnell finden. Mit diesem Boot hier haben wir quasi die Chance, überall anzulegen. Verstehst du?«

»Ja, klar.«

»Dann nichts wie ans Ufer.«

»Denk an die Sanbänke, gelber Mann.«

»Du kannst uns ja um sie herumlotsen.«

»Das ist schwer.«

»Als Fischer müßtest du es schaffen«, sagte Suko. »Sonst hätte ich auch auf dich verzichten können.«

Ghamal begann zu schimpfen, er tat aber, was Suko von ihm verlangte. Sie waren nicht nur in die Nähe der Sandbänke geraten, sondern auch dicht an die Strömungen herangekommen. Diese waren ebenfalls sehr gefährlich, denn sie bildeten Strudel und Kreisel, die das Boot in gefährliche Drehungen brachte.

Der Motor war nicht stark genug, um dem Strudel schon beim ersten Anlauf zu entgehen. Suko war gezwungen, mehr Gas zu geben. Der Bug schob sich hoch aus dem flachen Wasser, das Heck, wo der Inspektor saß, wurde zurückgedrückt, und plötzlich steckten sie fest. Die Schraube des Außenborders hatte sich in eine Sandbank gewühlt und kam kaum wieder frei.

Wasser quirlte und schäumte. Wolken aus Sand stieben in die Höhe, und Suko stellte den Motor ab.

»Sitzen wir fest?« fragte Ghamal in seinem gebrochenen Englisch.

»Nein, ich habe nur keine Lust mehr, weiterzufahren. Schiet, und ich dachte, du kennst den Nil.«

»Im Dunkeln . . .«

»Werden wir jetzt zu Fuß weitergehen«, erklärte Suko und erhob sich. »Los, Junge, raus!«

»Das ist gefährlich. Treibsand . . .«

»Ich gehe vor.«

Natürlich wußte der Inspektor, daß sie sich auf weichem Boden bewegten, der sie sehr leicht in die Tiefe zerren konnte. Aber welche Möglichkeiten blieben ihnen sonst? Keine, das Boot steckte fest.

Sie sanken sofort ein, aber zu zweit und mit gegenseitiger Unterstützung gelang es ihnen, sich weiterzubewegen.

Kaltes Wasser und warmer Schweiß auf den Stirnen. Stärker konnten die Gegensätze einfach nicht sein. An den Händen hielten sie sich fest. Manchmal umgurgelte sie Wasser. Es kam Suko vor, als hätte es tausend Arme und mehr.

Das normale Ufer war doch weiter entfernt, als sie gedacht hatten. Sie hatten es nicht einfach, die Beine zu heben. Immer wieder steckten sie fest, der Sand war zäh, das Wasser schäumte, aber sie sackten nicht so weit weg, daß es lebensgefährlich wurde. Ziemlich erschöpft, aber dennoch glücklich erreichten sie schließlich festen Boden. Und dort ließen sie sich nieder.

Ghamal atmete schwerer als der Inspektor. Er stützte sich auf Hände und Knie, schüttelte den Kopf und sagte: »Das möchte ich nicht noch mal erleben.«

»Training, Junge, alles Training.« Suko stand schon wieder

und schaute sich im. »Gibt es hier keine Dörfer?« fragte er.

»Nein, der fruchtbare Streifen ist nicht breit genug«, erklärte ihm Ghamal.

»Das ist gut.« Suko drehte sich zu seinem jungen Partner um. »Hoch mit dir, wir machen einen Spaziergang. Die Wüste bei Nacht hat mich schon immer interessiert, oder müssen wir sehr weit laufen?«

»Kaum.«

»Dann reiß dich zusammen.«

Ghamal nickte. Sein Messer hielt er in der rechten Hand, als er sich auf die Beine stemmte. Das Gesicht war kantig. Er machte einen entschlossenen Eindruck und sah aus, als wollte er sich nicht die Butter vom Brot nehmen lassen.

Suko wußte, daß ihnen kein Spaziergang bevorstand. Die andere Seite war gefährlich, und sie würde alles einsetzen, um die Gegner zu vernichten.

Und so gingen sie in die Dunkelheit. Über feuchtes Schwemmland, das manchmal an ein Wattenmeer erinnerte.

Sehr bald wurde der Boden trocken und auch härter.

Vor ihnen lag die Wüste. Eine weite, düstere Fläche. Eingehüllt in ein seltsames Dunkel. Es bestand aus mehreren Farben, die sich zu einem Blaugrau gemischt hatten. Im Osten sahen sie bereits einen Streifen am Himmel.

»Es wird gleich hell!« flüsterte der junge Mann. Er fror in der noch kühlen Luft.

»Könnten wir bis dahin das Grab erreicht haben?«

»Ich weiß es nicht.«

»Du warst also auch noch nie da?«

»Nein. Aber das habe ich dir gesagt, gelber Mann. Ich kannte nur ungefähr die Lage ...«

»Schon gut, Partner, reg dich ab! Wir werden es schon ...« Suko stockte. »Verflucht, was ist das?«

»Die Totenbarke!« hauchte Ghamal.

Beide schauten in Richtung Osten. Sie sahen ein dicht über dem Wüstenboden schwebendes oder schwimmendes Schiff, das in ein fahles Leuchten gehüllt war.

Sosehr Suko dieser Anblick auch überraschte, er durfte sich auf keinen Fall von ihm ablenken lassen. »Das ist der richtige Wegweiser«, sagte er zu seinem Begleiter und nickte.

Die beiden beeilten sich jetzt. Sie hatten Glück, daß es noch dunkel war, so konnten sie die helle Totenbarke genau im Blickfeld behalten. Sie war natürlich schneller als die beiden Menschen, denn sie brauchte keine Hindernisse zu überwinden und kam so leicht, sicher und auch gut voran.

Es wurde heller.

Der Himmel stand urplötzlich in Flammen. Die gewaltige Kraft der afrikanischen Sonne vertrieb die Finsternis und Kälte der Nacht und riß den Himmel einfach auf.

»Phantastisch«, murmelte Ghamal. »Ich freue mich immer, wenn ich so etwas erlebe.«

»Denk lieber an die Barke«, sagte Suko.

Überrascht blieben die beiden Verfolger stehen.

»Hast du was gesehen?« fragte Ghamal.

»Nein.«

»Aber wo kann sie sein?«

»In einem Grab«, vermutete Suko.

»Hier gibt es keine Pharaonengräber.«

»Dafür die Mastabas.«

Überrascht schaute Ghamal den älteren Suko an. »Was du nicht alles weißt . . .«

»Ja, ich habe in der Schule aufgepaßt.«

»Ich habe die Schule schon nach wenigen Jahren verlassen.«

Suko hörte nicht mehr auf die Antwort. Er suchte den

Platz, an dem die Totenbarke verschwunden war. Irgendwo mußte sie ja stecken, der Wüstenboden konnte sie schließlich nicht verschluckt haben, obwohl eigentlich alles möglich war. Auch an eine Entmaterialisierung dachte der Chinese, doch dieses Phänomen hätte in seinen Augen keinerlei Sinn gehabt. Die Totenbarke und auch die Personen, die sich auf ihr befanden, hatten noch einiges vor.

So gingen sie weiter. Ghamal hielt sich an Sukos Seite. Rechts von ihm schritt er, leicht gebückt, witternd, an ein vorsichtiges Raubtier erinnernd.

Die Wüste um sie herum schwieg. Die nächtlichen Laute der Tiere waren verstummt. Die Minuten zwischen Nacht und Tag gehörten der Stille und Einsamkeit.

Leer lag die Wüste im Zwielicht. Die Sonne stand jetzt höher. Einen Teil des Himmels hatte sie in Brand gesteckt. Man konnte zuschauen, so rasch trieb sie die Reste der Nacht wieder zurück. Suko zeigte sich fasziniert, doch er durfte sich von diesem Naturschauspiel nicht ablenken lassen, denn die Totenbarke und damit auch der Gegner Anubis waren wichtiger.

Es wurde heller. Besser und mehr konnten sie erkennen. Ihr Blick fiel in die Weite der Wüste, und es war Suko, der als erster die Erhebung entdeckte. Der Chinese blieb stehen, deutete nach vorn, schaute durch den vom Wind hochgewirbelten Staub- und Sandschleier, bevor er sagte: »Das muß es sein.«

»Was?«

»Das Grab!«

Ghamal warf Suko einen Blick zu, der alles enthielt, auch Ängstlichkeit. Jetzt, so dicht vor dem Ziel, hatte er doch einiges von seiner Courage verloren. Keine Rachesprüche drangen mehr über seine Lippen, er blieb zurückhaltend.

»Bist du sicher?« fragte er.

»Ja, es gibt für mich keine andere Möglichkeit. Die Barke muß dort verschwunden sein.«

Es wurde wärmer. Suko wunderte sich wieder einmal darüber, wie schnell es ging. Spuren entdeckten sie keine. Hier war die Wüste so, wie man sie sich vorstellte. Flach, sandig, ohne Felsen und Steine. Anders als in Tunesien, wo der Inspektor vor kurzem mit seinem Freund John Sinclair einen Fall erlebt hatte.

Das Grab stand in einer kleinen Mulde. Ob sie dort immer gewesen war, wußte Suko nicht. Der Professor hatte sie auch freischaufeln können, um das Grab zu entdecken.

Der Sand blendete, weil er von den langen Sonnenstrahlen betupft wurde. Bei jedem Schritt rann er wie Wasser in die Schuhe der wandernden Männer.

»Willst du hierbleiben?« fragte Suko seinen Begleiter.

Verbissen schüttelte Ghamal den Kopf. Er wollte nicht, sondern weiterhin mitgehen. Er zeigte Suko das Messer. »Damit werde ich noch einige erledigen.«

Suko duckte sich. Ghamal tat es ihm nach. Beide wollten erst so spät wie möglich entdeckt werden, falls sie überhaupt beobachtet wurden, denn eigentlich deutete nichts darauf hin.

Die aus dem Sand ragenden glatten Grabmauern wiesen keine Öffnungen auf. Fenster und Luken besaßen diese Gräber nicht. Wohl aber einen breiten Eingang.

Den sah Suko.

Aber auch, wie er sich schloß.

Als würde er von unsichtbaren Händen geschoben, so glitt er in die Lücke hinein und schloß sie dabei auch fugendicht.

Suko konnte nichts machen, er war zu weit entfernt, und so ballte er vor ohnmächtiger Wut die Hände.

»Wenn sie da jetzt drin sind, kriegen wir sie nicht mehr raus!« Das sagte Ghamal, aber Suko fuhr wütend zu ihm herum.

»Rede nicht so einen Unsinn!«

»Aber wie willst du hinein?«

»Der Professor hat es auch geschafft.« Mit diesem Gedanken beschleunigte der Chinese seine Schritte. Er hatte lange genug gezögert, jetzt wollte er den offenen Kampf.

Hochaufgerichtet schritt der Inspektor dem Grabmal entgegen. In seinen Augen stand ein eisenharter Wille. Er wollte es endlich zu einer Entscheidung bringen.

Ghamal blieb zurück. Der junge Mann war vorsichtig geworden, er traute dem Frieden nicht.

Währenddessen schritt Suko in die flache Senke hinein, wo das große Grabmal stand. Es kam ihm wie ein doppelter Bungalow vor. Hell die Mauern, von der Sonne verbrannt, die Jahrtausende hatten Steine und Lehm ausgetrocknet, und als er vor dem Eingang stand, da sah er nicht mehr, wo er sich befand.

Fugendicht hatte sich der Eingang geschlossen.

Suko konnte nur raten. Er ging die Strecke. Mit den Händen tastete er über den Stein. Irgendwo mußte der Professor den Eingang damals aufgebrochen haben. Noch waren die Mauern kühl von der Kälte der Nacht. Die Sonnenstrahlen brannten auf die andere Seite des Grabmals und heizten dort auf.

»Kannst du was machen?«

Suko drehte sich um. Ghamal stand am Rand der Senke und schaute zu dem Inspektor hinab.

»Nein, sieht schlecht aus.«

»Vielleicht an der anderen Seite.«

»Mal sehen.«

Dazu kam es nicht, denn Suko vernahm plötzlich ein Knirschen. Es gab nur eine Erklärung dafür.

Der Eingang öffnete sich wieder.

In der Tat schob sich ein großes Stück des Mauerwerks nach innen und gab eine düstere, unheimlich wirkende Höhle frei.

Ein gefährliches Dunkel, das weit hinten von einem zuckenden Schein erhellt wurde, der auf Fackeln hindeutete.

Das aber interessierte Suko nicht, denn vor ihm standen drei der gefährlichen Mumien.

Und in ihren Klauen hielten sie Schwerter!

*

In eine alte Pyramide hatte mich mein Weg bereits geführt, aber noch nie in das Grabmal eines reichen Ägypters.

Noch standen wir im Dunkeln und konnten nichts sehen. Das allerdings änderte sich bald, denn rötlicher Lichtschimmer, vermischt mit zuckenden gelben Zungen hellte die Finsternis vor uns auf. Es gab dennoch mehr Schatten als Licht, aber wir konnten einigermaßen sehen.

»Wo befinden wir uns hier?« flüsterte ich.

Der Professor stand dicht neben mir und hatte die Frage verstanden.

»Wir sind in der Kapelle«, hauchte er. »Dahinter liegen die zwei Schächte, die zu den Grabkammern führen.«

»Und wo stand die Totenbarke?«

»In der Grabkammer.«

»Ist sie denn so groß?«

»Natürlich. Durch die Schächte ist sie auch von zwei Seiten begehbar, wenn ich das mal so sagen darf.«

»Dann werden wir auch dort unsere Grabplätze finden«,

vermutete ich und sah den Professor nicken. »Falls uns nicht zuvor noch etwas einfällt«, fuhr ich fort.

»Und was?«

»Da bin ich im Augenblick überfragt.«

Man hatte uns auf der Barke zurückgelassen. Per-nio und seine Begleiter waren im Dunkeln verschwunden. Sicher hatte der Hohepriester die Fackeln entzündet.

Die Luft war dünn, mies und schlecht zu atmen. Eine typische Grabatmosphäre. Hinzu kam noch die stickige Wärme, die über allem lag und dafür sorgte, daß wir ins Schwitzen gerieten.

Außer uns war nur der schakalköpfige Totengott Anubis auf der Barke zurückgeblieben. Wobei ich mit der Bezeichnung Anubis vorsichtig sein mußte, denn in dieser Figur steckte nur ein Teil des Geistes und erfüllte ihn. Die Augen starrten uns an. Keine Sekunde ließen sie uns aus ihrem Blick. Er wachte so wie Anubis auch über die Seelen, die ins Totenreich wanderten.

Eine Figur hatte ich erwischt. Wenn ich diese hier auch ausschaltete, dann hatten wir einen Gegner weniger.

»Woran denken Sie, Mr. Sinclair?«

»Ich überlege, ob wir ihn erledigen können.«

»Und wann?«

»Ich weiß es nicht.«

»Aber ich kann es Ihnen sagen, Mr. Sinclair. Per-nio wird durchdrehen. Er kennt kein Erbarmen und vernichtet uns.«

»Das hat er auch so vor.«

»Pst.« James Barkley legte einen Finger auf die Lippen. »Er kommt zurück.«

Der Professor hatte sich nicht getäuscht. Schon bald huschte der Lichtschein, der tiefer im Gang brennenden Fakkeln über die Gestalt des Per-nio. Auch die Mumien wurden erfaßt. Drei waren es, die sich an seiner Seite hielten und nach wie vor ihre schmalen, etwas gekrümmten Schwerter gezogen hatten.

Es sah unheimlich aus, wie sie daherkamen. Gestalten, die überhaupt nicht in diese Zeit gehörten. Untote, lebende Leichen, umflackert vom Schein der Fackeln, die ihre körperlichen Proportionen auf gespenstische Art und Weise verzerrten.

»Jetzt wird es zum Finale gehen«, sagte der Professor.

Da hatte er recht.

Per-nio und seine drei Mumien-Wächter blieben vor uns stehen. Düster und drohend sahen die Mumien aus. Eingehüllt in das alte Leinen, das nur im Gesicht einen Schlitz für die Augen mit den bösen Blicken frei ließ.

»Die Schwingen des Todes werden euch erfassen«, begann der Hohepriester mit seiner Rede. »Das Grab ist aufgebrochen worden, aber dies wird nicht mehr geschehen. Nicht für euch, denn in den Grabkammern ist noch genügend Platz vorhanden. Ich habe beschlossen, euch für alle Ewigkeiten in den Schächten des Todes zu lassen, wo ihr verhungern werdet. Euch wird das Fleisch von den Knochen fallen, und ihr werdet als bleiche Skelette allmählich dahinmodern. Kommt mit!«

Der Professor schaute mich an. Eine Frage stand in seinen Augen. Er hoffte darauf, daß ich etwas unternahm und die drei Mumien angriff, doch ich hielt mich zurück. Ich wollte auch den Rest des Grabes kennenlernen und nickte. »Es wird uns keine andere Möglichkeit bleiben«, sagte ich bewußt demutsvoll zu Per-nio.

»Du hast es eingesehen!«

Wir mußten vorgehen. Hinter uns hörten wir die schleifenden Schritte der drei Mumien. Es war mir überhaupt nicht recht, sie in meinem Rücken zu wissen, denn sie konnten uns mit ihren Schwertern erstechen, ohne daß wir etwas davon merkten.

Der Gang war ziemlich lang und stach tief in das große Grabmal hinein. Wir gerieten in den Schein der Fackeln, ich konnte die Wände besser erkennen und sah die jahrtausendealten Malereien. Zahlreiche Szenen aus der Mythologie der alten Ägypter. Götter und Gottheiten, oftmals Mischungen zwischen Tieren und Menschen. Figuren, die ich bisher noch nie gesehen hatte. Krokodile, Wildschweine und Ratten als Götter, und ich glaubte meinen Augen nicht zu trauen – eine Katze.

Bastet, die Katzen-Göttin!

Plötzlich rann es mir kalt den Rücken hinab. An Bastet hatte ich gewisse Erinnerungen. Sehr deutlich dachte ich an einen Fall, der nicht einmal lange zurücklag. Da hatte mich die Katzen-Göttin töten wollen, war aber durch Osiris daran gehindert worden.

Hatte sie mir nicht gesagt, daß wir uns wiedertreffen würden? Ja, so war es gewesen.

Meine Gedanken wurden gestoppt, da wir uns dem Raum näherten, wo die beiden Schächte zur eigentlichen Grabkammer lagen.

Die Barke überwand Hindernisse, die auch aus festem Material bestanden. Ich mußte daran denken, als ich die relativ schmalen Einstiegsschächte zu der großen Grabkammer sah. Die Schächte befanden sich an beiden Enden dieses Verlieses und führten steil in die Tiefe.

Hinter uns hatten Per-nio und die drei Mumien gestoppt. Die anderen beiden Mumien sahen wir ebenfalls. Sie standen neben den Schächten und bewachten die Eingänge.

»Ihr werdet hineinspringen und in der Tiefe verschwinden!« hörte ich hinter mir die Stimme des lebenden Toten. »Niemand wird eure Leichen finden. Sie sollen vermodern und verbleichen für alle Ewigkeiten. Ihr habt die alten Gesetze gebrochen, und dafür kann es nur eine Strafe geben. Den Tod. Geh du zu dem Schacht an der rechten Seite, John Sinclair, und du zu dem anderen, Professor!«

Die Befehle waren klar. Uns blieb nichts anderes übrig, als zu gehorchen. Bevor wir uns trennten, vernahm ich noch das Flüstern des Professors.

»Verdammt, Sinclair, so tun Sie etwas!«

»Nein, ich . . .«

Ich wunderte mich selbst über die Reaktion. Normalerweise hätte ich es längst versucht, doch die seltsame Lethargie, die mich erfaßt hielt, hatte mich auch hier nicht verlassen. Noch immer stand ich unter diesem fremden Bann.

Schrecklich . . .

»Dann kann ich Ihnen nur einen angenehmen Tod wünschen«, sagte Barkley. »Wäre ich nur jünger, ich würde . . .« Seine weiteren Worte gingen in einem unverständlichen Murmeln unter. Ich schritt auf den linken Schachteingang zu, während der Professor den rechten nahm.

Meine Schritte waren langsam, nahezu gemächlich. Unter den Sohlen knirschten der Dreck und der Staub. Wie lange mochte er hier schon liegen? Direkt vor dem Schacht blieb ich stehen.

Ein wenig senkte ich den Kopf, und mein Blick fiel in die Tiefe. Vor und unter mir lauerte das Dunkel. Gefährlich, unheimlich und letztendlich tödlich. Ich wußte nicht, wie tief die Schächte waren, mußte jedoch damit rechnen, auch schon als Toter in der Grabkammer aufzukommen.

Im Gang hatten die Fackeln gebrannt. In diesem Verlies leuchtete kein Licht. Nur ein schwacher Widerschein drang in den Raum, so daß er an einigen Stellen von einem blassen, zuckenden roten Glosen erfüllt war.

Ich drehte meinen Kopf ein wenig zur Seite und starrte in das verbundene Gesicht der kleinen Mumie, die am Schachtrand wartete. Auch sie ließ mich nicht aus den Augen. Das Schwert hielt sie so, daß sie jeden Moment zustoßen konnte, und ich senkte den Blick, um wieder in den Schacht zu schauen.

Dort tat sich etwas.

Eine Gestalt hob sich in ihren Umrissen scharf aus der Finsternis ab. Entweder stand sie auf dem Grund, oder sie schwebte in der Luft. Genau konnte ich es nicht erkennen.

Aber ich erkannte die Gestalt.

Es war Bastet, die Katzen-Göttin!

*

Sie hatte mir ein Wiedersehen versprochen, und sie hielt dieses Versprechen ein.

Aus der Vergangenheit war sie gekommen, hatte Dimensionen durcheilt und war in dieses Grab getaucht. Golden schimmerte ihr Körper in der Dunkelheit. Es war der Körper einer Frau, aber mit dem Kopf einer Katze.

Seltsam blau sahen ihre schmalen Augen aus, und sie hatte einen Arm erhoben, wobei ihr Daumen genau auf mich wies.

Wir starrten uns an, und wir wußten, was wir uns schuldig waren. Sie wollte meinen Tod erleben, jetzt war sie gekommen, um dabei zuzuschauen.

Und schon hörte ich ihre Stimme, obwohl sie nicht normal klang, sondern in Gedanken zu mir sprach.

»In dem alten Haus habe ich es dir damals gesagt, daß wir uns bald wiedersehen würden, John Sinclair. Das ist nun geschehen. Ich mußte flüchten, weil Osiris es so wollte. Du bist entkommen, aber nun stehst du in einer Welt, der du nicht mehr entfliehen kannst. Ich warte auf dich, ich warte auf deine Seele, John Sinclair!«

Als ich diese Worte vernahm, zuckte es durch mein Gehirn wie ein elektrischer Schlag. Ich dachte an das Versprechen, das sie mir gegeben und das ich nicht so recht hatte glauben wollen. Jetzt war es eingetreten. Eigentlich spielte es keine Rolle, ob mich Bastet tötete oder ich in den Tiefen des Grabschachtes vermoderte.

»Du hättest dich damals auf meine Seite stellen und nur zu mir halten sollen. So aber sehe ich mich gezwungen, dich umzubringen. Ich werde dir nicht helfen!«

»Was hätte ich tun sollen?« fragte ich.

Der Professor hörte meine Frage und sagte: »Was haben Sie, Sinclair?«

»Nichts.«

»Zu spät, Geisterjäger, zu spät!« Bei dieser Antwort leuchteten ihre Augen noch stärker.

Ich wußte, daß mir nur noch Sekunden blieben. Jetzt mußte ich handeln – aber mir fehlte der Wille. Ich konnte mich nicht zu einer Aktion hinreißen lassen. Die Nähe dieser unheimlichen Wesen aus ferner Vergangenheit beeinflußte mein Denken, mein Handeln und auch mein Fühlen.

Jemand lachte hinter mir leise auf. Es war Per-nio. Seine Stimme verstand ich deutlich. »Er wird erwartet, der Geisterjäger«, sprach der Hohepriester. »Nicht nur ich will seinen Tod. Er hat mit zahlreichen Göttergestalten . . . «

Weshalb sprach er nicht mehr weiter?

Mitten im Satz hatte er gestockt, ich hörte ihn Worte sagen, die ich nicht verstand, weil sie in einer mir unbekannten Sprache gesprochen wurden. Dem Klang nach zu urteilen, nahm ich an, daß ihn irgend etwas gestört hatte.

Nur was?

In meinem Rücken vernahm ich Geräusche. An den schleifenden Schritten erkannte ich, daß es die Mumien waren, die sich aus diesem Verlies entfernten. Und ich glaubte auch, ein schwaches Knirschen zu vernehmen, als würde etwas zur Seite gedrückt.

Dieses Knirschen hatte ich schon einmal gehört. Als der Eingang des Grabes zufiel.

Und jetzt wieder ...

Wurde er vielleicht geöffnet?

Ich spürte die Trockenheit in meinem Hals und mußte mich räuspern. Ein schwacher Luftzug erreichte meinen Nacken. Wäre es in dieser Grabkammer nicht absolut windstill gewesen, der Luftzug wäre mir überhaupt nicht aufgefallen.

So aber merkte ich ihn.

Tief holte ich Luft. Es mußte einen Grund haben, daß der Eingang wieder geöffnet wurde. Wollte Per-nio noch jemand in das Grab locken?

Da kam eigentlich nur Suko in Frage. Aber wie konnte er die Eingangstür geöffnet haben? Das verstand ich nicht.

Per-nio lieferte uns die Erklärung. »Wir haben Besuch bekommen«, sagte er. »Wahrscheinlich ein Freund von dir, John Sinclair, der dich sucht. Damit er nicht zuviel Zeit braucht, habe ich ihm den Eingang geöffnet. Mir ist jetzt wieder vieles möglich. Ich kann kraft meines Geistes die Mauern meiner Grabkammern bewegen. Die alten Kräfte sind auf mich zurückgeflossen, die in den Zeiten der Starre verschüttet gewesen waren. Meine drei Wächter habe ich deinem Freund entgegengeschickt, damit sie ihm den richtigen Empfang bereiten. Du aber wirst ihren Tod nicht mehr erleben.

Ich befehle es dir im Namen des Totengottes Anubis. Spring in die Grabkammer, John Sinclair!«

»Ja, komm, John Sinclair! Komm zu mir!« vernahm ich die Stimme der Katzen-Göttin. »Ich warte auf dich. Du wirst in meinem Reich deinen Tod erleben. Ich komme Anubis zuvor ...«

Das alles hörte ich, das alles kostete Zeit, und es dauerte Per-nio als auch der mich bewachenden Mumie zu lange. Der Wächter hob sein gefährliches Schwert. Dabei drehte er sich ein wenig zur Seite, die Klinge bekam einen Schlagwinkel, der mir den Schädel spalten konnte.

Was sollte ich tun?

In diesem Augenblick reagierte mein Kreuz, und der Bann, der mich bisher unter seiner Kontrolle gehalten hatte, riß entzwei ...

*

Aus dem düsteren Zwielicht des Ganges waren sie erschienen, und sie hielten ihr Schwerter schlag- und stoßbereit. Suko, der aus dem Hellen kam, sah sie im ersten Augenblick ein wenig undeutlich. Er tat trotzdem genau das Richtige und ging zwei Schritte zurück.

Hinter ihm befand sich Ghamal. Leicht erhöht stand er, konnte ebenfalls auf den Eingang schauen, und aus seiner Kehle drang ein erschreckter Ruf. »Das sind sie!«

Von Suko bekam er keine Antwort. Er wollte die Mumien aus dem Grabmal locken, denn vor diesem alten Gebäude besaß er mehr Bewegungsfreiheit. Der Inspektor hatte lange genug auf einen Kampf warten müssen, jetzt war er bereit.

Bevor er sich den Mumien stellte, schaute er noch einmal zurück. Ghamal stand breitbeinig und ein wenig geduckt da. Den rechten Arm hatte er angewinkelt, und aus seiner rechten Faust schaute bläulich schimmernd der Stahl des Fischmessers.

»Halte du dich zurück!« rief Suko dem jungen Mann zu. »Das werde ich hier regeln!« Er hatte kaum ausgesprochen, als er seine Beretta zog, auf die erste Mumie anlegte, die Waffe aber wieder sinken ließ, denn er wollte Munition sparen.

Die Gegner konnte er auch anders erwischen.

Suko ging wieder vor.

Die drei lebenden Mumien hatten sich jetzt aus dem Dunkel des Grabeingangs gelöst und waren dicht davor auseinandergefächert, so daß sie einen Halbkreis bilden konnten.

Suko zog die Dämonenpeitsche.

Ghamal, der weiterhin zuschaute, bekam große Augen, denn was er nun erlebte, das hatte er noch nie gesehen. Suko schlug mit der Peitsche einen Kreis über den Boden, und aus der Grifföffnung rutschten drei Riemen.

Sie berührten mit ihren Spitzen den warmen Wüstensand, der aufstäubte.

»Was willst du damit?« rief Ghamal.

Er bekam keine Antwort, denn der Inspektor ging das erste grauenhafte Wesen an.

Es war nicht Suko, der aufschrie, sondern Ghamal, denn er sah, wie die Schwertklinge nach unten pfiff. Aus seiner Perspektive wirkte es so, als würde sie dem Chinesen den Schädel spalten.

Das gelang nicht. Die drei aus dem Griff gefallenen Riemen waren wie Schatten. Sie huschten auf die Mumie zu und wickelten sich, bevor diese ausweichen konnte, mit einer rasenden Geschwindigkeit um deren Körper. Das geschah dicht unter dem Kopf.

Ein kurzer Ruck.

Die Mumie taumelte, wurde zu Boden geschleudert, und der Chinese wandte sich seinem anderen Gegner zu.

Unter einem hart geschlagenen Hieb tauchte er hinweg, setzte wieder die Peitsche ein und hieb die drei Riemen gegen die Gestalt dieses unheimlichen Wesens.

Der Kampf und die Bewegungen, das alles sah spielerisch leicht aus, aber Suko allein wußte, welch ein Training erforderlich war, die Peitsche so führen zu können.

Ghamal war vorgegangen und schaute staunend zu. Die erste Mumie, die erwischt worden war, lag auf dem Rücken. Genau dort, wo die Riemen sie getroffen hatten, zeigten sich auch die Verletzungen. Die Schnüre hatte tiefe Wunden gerissen. Sie waren zudem noch breit, und aus den Wunden drang stinkender Qualm.

Dennoch hatte die Magie der Peitsche die beiden Mumien nicht geschafft. Sie waren zwar verletzt, aber sie konnten noch kämpfen. Suko, der die dritte Mumie anging, sah nicht, wie sich die ersten beiden wieder hochstützten. Sie stemmten sich dabei auf ihre Schwerter, nahmen diese als Stütze und kamen so auf die Beine.

Man mußte sie in die Augen treffen!

Das wußte Ghamal, denn er hatte es bereits so durchexerziert, aber Suko war dies unbekannt. Der Inspektor verließ sich allein auf die Kraft seiner für Ghamal seltsamen Peitsche.

Der junge Ägypter mußte eingreifen!

Bisher hatte er nur zugeschaut, nun überwand er sich und glitt in einem Bogen vor. Er rutschte mehr in die kleine Senke hinein. Suko drehte ihm halb den Rücken zu. Er war dabei, die dritte Mumie mit seiner Peitsche immer weiter zurückzutreiben, so daß diese mit ihren umwickelten Füßen durch den feinen Sand schleifte.

Die beiden angeschlagenen Wesen nahmen die Verfolgung auf. Sie hefteten sich auf die Fersen des Inspektors. Breitbeinig gingen sie, aber sie waren schneller als Suko, und Ghamal mußte sich ebenfalls beeilen.

Inmitten einer Sand- und Staubwolke rutschte er den schmalen Hang des Hügel hinab und stieß einen wilden Kampfschrei aus. Er war nicht mehr zu bremsen, wollte gehört werden und wurde gehört.

Beide Mumien drehten sich.

Ghamal schaute genau in ihre bandagierten Gesichter, wo es nur einen schmalen Spalt gab, durch den die beiden Augen schimmerten. Die unheimlichen Gestalten zögerten. Sie wußten nicht, wie sie sich entscheiden sollten, und das nutzte Ghamal aus.

Er hatte nicht zuviel versprochen. Mit dem Messer konnte er glänzend umgehen.

Er holte aus, zielte kurz und schickte den Stahl dann auf die Reise. Die Luft wurde von einem flirrenden Reflex zerteilt. Das blitzende Etwas raste genau auf den Kopf der Mumie zu, drehte sich noch einmal und traf wunderbar.

Die Klinge wuchtete in den Augenspalt, hieb tief hinein und traf auch exakt das Ziel.

Ghamal lachte auf. Die Spannung löste sich bei ihm auf diese Art und Weise. Sein Gesicht hatte sich verzogen, die Augen leuchteten, als er sah, wie die Mumie fiel.

Sein Messer hatte sie erledigt.

Der Sand stäubte auf, als das Wesen rücklings hinkrachte. Mit einem Sprung war Ghamal bei ihr, zog das Messer aus ihrem rechten Auge, hielt es für einen Moment hoch und schaute auf das Schwert, das die Mumie noch immer festhielt.

Da kam Ghamal die Idee.

Er bückte sich, hob den rechten Arm der Mumie an, drehte ihn herum und wand dem Wesen das Schwert aus der Hand.

Bevor es zu Boden fallen konnte, fing er es auf und behielt es. Jetzt hatte er zwei Waffen. Sein Messer und das alte Schwert der Mumie. Damit konnte er schon etwas anfangen.

Er wirbelte herum.

Seine Augen wurden groß, als er sah, daß die beiden übriggebliebenen Feinde seinen Partner in die Enge getrieben hatten. Suko war zurückgewichen, bis er die Mauer des Grabmals im Rücken spürte, und er hielt seine Peitsche nicht mehr in der Hand, denn er litt unter starken Schmerzen, er war in Schulterhöhe getroffen worden.

Ghamal sah das Blut zwischen den Fingern, und für einen Moment stockte sein Herzschlag. Der Chinese schien die Mumien unterschätzt zu haben, denn sie hatten ihn erwischt.

Jetzt standen sie vor ihm. Suko hatte nur die Wand im Rükken, aber er zog die Pistole.

Ghamals Schrei ließ ihn in der Bewegung innehalten. Der junge Ägypter startete wie ein Schnelläufer. Dabei schwang er das Schwert, und nicht nur Suko hatte den Schrei gehört, auch die beiden Mumien, die plötzlich herumkreiselten und dem Angreifer entgegensahen.

Er kam – und war da.

Mitten in der Bewegung schlug er zu. Wie ein routinierter Kämpfer schwang er das Beuteschwert, ließ es schräg durch die Luft pfeifen, zielte und traf auch haargenau.

Plötzlich stand ein Gegner ohne Kopf da.

Wie ein Ball hüpfte der bandagierte Schädel vom Körper und blieb im Sand liegen. Die zweite Mumie hatte die Vernichtung ihres Artgenossen mitbekommen und wollte Ghamal angreifen. Der befand sich noch immer in der Bewegung und schlug noch einmal zu.

Diesmal traf er nicht tödlich. Die Schwertklinge hackte zwar in den Körper, aber den Schädel konnte sie nicht mehr vom Rumpf trennen. Das besorgte der Chinese. Er dachte nicht mehr an seine Verletzung, bückte sich und riß ein Schwert an sich.

Mit dem drosch er zu.

Ein gekonnter Hieb, geführt mit der linken Hand, und er trennte den Kopf vom Körper des Wesens.

Der Schädel rollte Suko genau vor die Füße. Dort ließ der Inspektor ihn auch liegen.

Er hatte es diesmal geschafft. Alle drei Mumien existierten als lebende Gestalten nicht mehr.

Schweratmend blieb Ghamal stehen. Auf seinem Gesicht lag ein Grinsen, in den Augen ein Leuchten. »Das war wie im Kino«, sagte er und rammte das Schwert mit der Spitze in den Sand, wo es auch stehenblieb.

»Besser, Ghamal, besser. Nur hatte ich eben das Pech. Deshalb danke ich dir, daß du mich gerettet hast.«

»Quatsch.« Der Junge wurde verlegen und winkte ab. »Aber was ist mit dir geschehen?«

»Ich bin umgeknickt. Dieser verdammte Boden besitzt viele tückische Löcher.«

»Das stimmt.«

Suko berichtete weiter. »Ich fiel, als die Mumie zuschlug. Dabei konnte ich mich zwar noch zur Seite drehen, aber nicht weit genug. So erwischte mich die Klinge. Zudem war ich davon geschockt, daß die Peitsche es nicht schaffte, die Mumien zu erledigen. Sonst ist das immer der Fall.«

»Man muß ihren Kopf zerstören«, sagte Ghamal.

»Das weiß ich jetzt auch.« Suko nahm seine Hand zurück. Er hatte Glück gehabt.

Die Klinge war nicht tief in das Fleisch seiner Schulter eingedrungen, sie hatte nur eine oberflächliche Wunde hinterlassen, die allerdings blutete.

»Wir müssen sie verbinden«, sagte Ghamal.

»Daran habe ich auch gedacht. Hilf mir mal, einen Streifen aus meinem Hemd zu reißen«, sagte der Inspektor. Er hatte schon seinen rechten Ärmel aufgeknöpft. Ghamal packte mit an und riß.

Schon bald hielt er den Fetzen in der Hand. Gemeinsam mit Suko umwickelte er den Arm in Schulterhöhe. Suko bewegte ihn ein wenig und schaute dabei in das fragende Gesicht des jungen Ägypters.

»Es geht schon wieder«, erklärte er Ghamal.

»Wirklich?«

Suko grinste schief. »So einigermaßen.« Er hob ein Schwert an und bewegte den rechten Arm. Dabei verzog er das Gesicht, ein Beweis für die schmerzenden Stiche, die ihn quälten.

»Wenn du schießt, dann zwischen die Augen«, sagte Ghamal.

»Das habe ich mittlerweile auch begriffen.« Der Inspektor steckte die Peitsche wieder weg. »Fragt sich nur, was wir jetzt unternehmen sollen. Drei Mumien haben wir.«

»Wir killen die restlichen zwei.«

»Und Per-nio?«

»Den auch.« Ghamal gab sich tatendurstig. »Es muß ja etwas geschehen, verdammt.« Er schaute auf den Eingang, der nicht weit von ihnen entfernt als dunkle Öffnung gähnte. »Hoffentlich leben die beiden noch!«

Suko holte tief Luft. »So einfach ist der Geisterjäger auch nicht totzukriegen. Der weiß sich schon zu wehren, mein Freund.«

»Wirklich?«

»Und wie. Komm jetzt!«

Sie waren vorsichtiger. Besonders Suko. Das Stolpern während der Auseinandersetzung hatte ihn gewarnt.

Ihre Blicke trafen auch die erledigten Mumien. Zwei von ihnen besaßen keine Köpfe mehr. Sie lagen einige Yards von den Torsi entfernt und fielen, wie auch ihre Körper, ineinander. Die Magie, die sie bisher am »Leben« gehalten hatte, war gelöscht worden. Jahrtausende hatten sie überlebt, nun wurden sie zu dem, was sie eigentlich schon lange hätten sein sollen.

Graue Asche!

Sie vermengte sich mit dem Wüstensand. Mit den Schuhen schaufelten Suko und Ghamal Sand über die Reste, so daß sie nicht mehr zu sehen waren. Das hatten sie geschafft.

Vor dem Eingang blieben sie stehen. Der junge Ägypter hielt wieder das Messer in der Hand. Die Spitze der Klinge wies genau auf die Öffnung. Wenn dort jemand erschien, wollte er zustoßen.

Noch immer sahen sie tief im Grabinnern das flackernde Licht. Da es so unregelmäßig zuckte, konnte es sich bei ihm nur um Fackelschein handeln.

Stimmen vernahmen sie nicht. Wenn etwas gesprochen wurde, standen die Akteure einfach zu weit von ihnen entfernt.

Suko warf seinem jungen Freund einen schnellen Blick zu. Er sah die Gänsehaut auf dessen Gesicht. »Hast du Furcht?«

Ghamal grinste verzerrt. »Ein wenig schon.«

»Dann bleib zurück.«

»Nein, nie! Ich muß sie killen. Daß ich es kann, habe ich ja bewiesen.«

»Das stimmt.« Nach dem letzten Wort ging der Inspektor einen Schritt vor. Er wollte endlich mit diesem verdammten

Spuk aufräumen. Der Sieg über die Mumien hatte ihn sicherer gemacht, und er hielt auch ein Beuteschwert in der rechten Hand, während sich Ghamal die Waffe kurzerhand in den Gürtel gesteckt hatte und sich zunächst einmal auf seinen Dolch verließ.

Sekunden später nahm sie die unheilvolle Stille des großen Grabes auf. Alles kam ihnen anders vor. Die Wüste blieb zurück und damit auch die leisen Geräusche, die zumeist der Wind verursachte. Zwischen den Wänden stand die Ruhe wie eine Mauer. Alles kam ihnen unheimlich vor, und über ihre Rücken rann ein Schauer.

Durch den offenen Mund atmeten sie vorsichtig und flach. Sie wollten sich nicht zu schnell verraten. Leider gelang es ihnen nicht, sich lautlos zu bewegen, denn der Boden des Grabes war mit Dreck und Staub bedeckt, der bei jedem ihrer Schritte in die Höhe gewirbelt wurde und vor ihren Gesichtern Wolken bildete.

Sie atmeten den Staub auch ein, schmeckten ihn auf der Zunge, auf den Lippen und im Rachen.

Sie starrten in die Finsternis.

Der Fackelschein wies ihnen den Weg. Obwohl sie erst eine kleine Strecke zurückgelegt hatten, konnten sie kaum sehen, aber vor ihnen schälte sich etwas aus der Finsternis.

Ein Gegenstand versperrte ihnen den Weg.

Die Totenbarke!

Ghamal legte eine Hand auf Sukos Schulter und brachte seine Lippen dicht an das linke Ohr des Chinesen. »Verdammt, das ist sie ja. Dann haben wir sie gleich.« Seine Stimme klang aufgeregt.

»Sei ruhig, Junge. Noch ist es nicht soweit.« Suko löste sich von Ghamal, der stehenblieb, und ging einige Schritte vor. Er stoppte, als er die Barke erreicht hatte.

»Und?« Ghamals Stimme drang aus der Dunkelheit. Er selbst war nur mehr zu ahnen.

»Sie ist leer!«

»Dann sind deine beiden Freunde vielleicht schon in der Grabkammer und tot!«

Leider hatte Ghamal das ausgesprochen, was der Chinese befürchtete, aber er wollte so lange nicht daran glauben, bis er Johns Leiche gesehen hatte.

Er drehte den Kopf und schaute wieder tiefer in das Grab hinein. Was spielte sich dort ab?

»Suko!« rief Ghamal laut. »Da, Anubis!«

Der Chinese drehte sich. Bisher hatte er angenommen, die Barke wäre völlig verlassen gewesen. Das stimmte nicht. Einer war zurückgeblieben und hatte dort gelauert.

Der Schakal!

Der Geist des Totengottes war in sein als Statue geformtes Ebenbild gefahren und bewies, daß er von seiner Gefährlichkeit nichts verloren hatte. Sein Schädel leuchtete in einem giftigen Grün. Er hatte das Maul aufgerissen. Suko schaute auf das Gebiß und vernahm das drohende Knurren.

Kampf- und schlagbereit hielt der Chinese sein Schwert. Noch wartete er ab, und er tat gut daran, so lange stehenzubleiben, bis es dem Schakal einfiel, anzugreifen.

Plötzlich sprang er.

Suko bemerkte es eigentlich nur an der Bewegung des Kopfes, der in die Höhe gewuchtet wurde und direkten Kurs auf ihn nahm.

Das konnte nicht gutgehen.

Etwas pfiff durch die Luft. Ghamal hatte reagiert und seinen Dolch geworfen. Suko sah die huschende Bewegung der Waffe, hörte noch das Klatschen, als die Klinge traf, und wuchtete selbst sein Schwert in die Höhe. Schräg zeigte die

Klinge nach oben, und sie kreuzte haargenau die Sprungbahn der lebenden Steinfigur.

Der Treffer.

Zuerst war der Schakal von dem Dolch erwischt worden. Nun packte ihn noch die Klinge. Sie drang von unten her tief in den weichen Körper. Suko stand breitbeinig. Das Ziehen in seiner Schulter ignorierte er, und er hielt den Griff mit beiden Händen fest, während sein Gesicht vor Anstrengung verzerrt war.

So spießte er Anubis förmlich auf, der seinen Sprung nicht mehr hatte stoppen können und Suko nach hinten riß, wobei er mit dem Rücken gegen die Wand krachte.

Die Arme hielt er ausgestreckt, das Schwert zeigte schräg in die Höhe, und auf der Klinge zitterte der Körper dieser lebenden Steinfigur.

War er tot?

Der Schakal sackte zusammen. Sein Gewicht drückte auch Sukos Arme nach unten.

Im nächsten Augenblick stand Ghamal neben ihm und riß den Dolch aus der Wunde. Nicht ein Tropfen Blut klebte an der Klinge. Der Schakal war im Innern völlig blutleer gewesen.

Suko glaubte, daß das Wesen erledigt war. Er zog sein Schwert aus dem Körper. Er hatte sich geirrt.

Der Schakal wälzte sich herum.

»Den Kopf!« kreischte Ghamal. »Du mußt den Kopf . . .«

Suko drosch zu. Und er traf den Schakal mitten in der Bewegung. Mit einem glatten Hieb trennte er dem Wesen den Schädel ab. Endlich hatten sie es geschafft, und beide ließen sich schweratmend gegen die Wand im Grabinnern sinken. Sie kamen nicht dazu, sich auszuruhen, denn Anubis, der wahre Totengott, griff selbst ein.

Kaum hatte der Schakal sein unseliges Dasein ausgehaucht, als nahe des Eingangs ein gewaltiges Brausen entstand.

Sofort drehten Suko und Ghamal die Köpfe, schauten zu dem Rechteck und sahen ihn.

Ghamal zitterte vor Angst, denn übergroß stand dort ein Geist.

Ein riesiger Schakal, dessen Gestalt die Decke berührte, wobei die Umrisse seines Körpers von einem seltsamen Leuchten umlagert waren. Aus den Tiefen der Zeiten war der echte Wächter im Totenreich aufgetaucht, um schreckliche Rache zu nehmen.

Der junge Ägypter drückte sich neben Suko an die Wand. »Jetzt«, flüsterte er, »jetzt ist es aus . . .«

Auch der Chinese war gebannt. Er hatte von John gehört, daß die ägyptischen Gottheiten und Götzen existierten. Nun sah er zum erstenmal einen davon, und ausgerechnet einen der schlimmsten.

Anubis stand vor ihnen. Riesig, unheimlich, sichtbar und dennoch ein Geist.

Und er verbreitete eine Aura der Angst. Als er sein Maul aufriß, drangen gefährliche Dämpfe hervor, die er gegen seine beiden Feinde stieß. Ob sie es wollten oder nicht, sie mußten dieses Zeug einfach einatmen.

Ghamal röchelte. Weit riß er den Mund auf. Die Augen wollten ihm aus den Höhlen treten. Er bekam keine Luft mehr, und Suko, der ihn anschaute, bemerkte, daß Ghamals Knie nachgaben und der junge Mann zusammenbrach.

Dafür zeigte sich allein der aus dem Rachen dringende Rauch verantwortlich.

Suko wollte weg. Er wußte, daß sich auch über seinem Kopf die Gefahr zusammenbraute. Er wollte die Stelle verlassen, wo er stand, doch es erwischte ihn mitten in der Bewegung.

Von der Wand kam Suko noch weg. Dann hatte er das Gefühl, ersticken zu müssen. Wie zuvor bei Ghamal, drang aus seinem Mund ein röchelnder Laut, die Welt verschwamm vor seinen Augen, und der Chinese brach in die Knie.

Seine Augen hatte er weit aufgerissen. Er schaute nach vorn, direkt in die Tiefe der Grabkammer hinein und glaubte, in eine von bläulichen Blitzen aufgerissene Finsternis zu starren.

Dann brach er zusammen . . .

*

Etwas griff ein, dessen Macht ich bereits zur Genüge kennengelernt hatte.

Das Allsehende Auge!

Das Zeichen des großen Gottes Osiris, und es entstand nicht vor mir, sondern glühte auf dem Kreuz.

Ein starkes, faszinierendes, unheimliches Leuchten, das von einem wahren Sturmwind begleitet wurde.

Hinter mir hörte ich einen erschreckt klingenden Laut. Pernio hatte ihn wahrscheinlich ausgestoßen, aber das interessierte mich im Moment nicht, ich war auf die Mumie fixiert, die mich mit dem Schwert attackieren wollte.

Auch sie war von der Wucht dieser osirischen Magie getroffen worden, und ich sah sie sehr deutlich, weil das Verlies von einem türkisfarbenen Leuchten bis in den letzten Winkel ausgefüllt wurde. Die Magie des großen Gottes stand mir zur Seite.

Ich hörte seltsame Geräusche. Sie drangen aus dem nicht

sichtbaren Maul der Mumie hervor, und sie klangen röchelnd und dumpf, so daß mir ein Schauer über den Rükken lief. Die Mumie wankte zurück, sie riß ihren rechten Arm mit dem Schwert in die Höhe und nahm eine Haltung dabei ein, die seltsam eckig wirkte.

Dann brach sie zusammen.

Die andere Magie fetzte sie förmlich auseinander. Vor meinen Augen zerplatzte sie. Fetzen und Staub blieben zurück, die dann in dem Schacht verschwanden.

Fauchender Wind erwischte auch mich. Er trieb mich zurück, wirbelte die letzten Reste der Mumie in die Höhe, und ich merkte, daß ich mich gleitend und sicher bewegen konnte.

Sofort dachte ich an den Professor.

Wie erstarrt stand er vor dem zweiten Schachteingang. Die Hände hatte er halb erhoben, die zweite Mumie hatte sich vor ihm aufgebaut und das Schwert über den Kopf geschwungen, als wollte sie die Klinge jeden Augenblick nach unten rasen lassen.

»Barkley!« Meine Stimme überschlug sich fast, als sie durch das Verlies gellte.

Der Professor schaute mich an. Sein Blick traf aber auch das Kreuz auf meiner Brust, er wurde von der Helligkeit des Allsehenden Auges geblendet, und genau in diesem Moment erwischte es die zweite Mumie. Die Kräfte des Osiris rissen das Wesen vor meinen Augen entzwei. Das Schwert entfiel den kraftlosen Fingern und verschwand in dem tiefen Schacht, bevor die Mumie folgte. Sie hatte der Kraft nichts entgegenzusetzen, die sie in die Grabkammer schleuderte.

Ich hatte gewonnen!

Oder?

»Kommen Sie her, Professor!« hauchte ich. »Schnell, an meine Seite!«

»Ja, ja . . .« Er war völlig durcheinander, deckte seine Augen zum Teil ab, weil er nicht mehr auf das strahlende Allsehende Auge des Kreuzes schauen konnte.

Seine Schritte waren zögernd. Ich streckte meinen Arm aus, berührte ihn und zog ihn an mich.

So blieben wir stehen.

Innerhalb von Sekunden hatte sich die Lage zu unseren Gunsten verändert. Ein hoher Gott hatte eingegriffen. Ein Wesen, das für Gerechtigkeit stand und nicht wollte, daß Pernio und seine geheimnisvollen Helfer gewannen.

Nur – wo steckte der Hohepriester jetzt?

»Per-nio ist weg!« hauchte Barkley.

»Ja, das sehe ich.«

»Kann er vernichtet sein?«

Ich hob die Schultern. »Das müßten Sie ja eigentlich besser wissen, Professor! Kann jemand, der als Mensch geboren wurde, das ist ja bei Per-nio der Fall, gegen ein Wesen wie Osiris bestehen?«

»Ich weiß nicht . . .«

»Dann müßten wir das Grab durchsuchen.«

»Wäre am besten.«

Der Professor war mir in diesen Augenblicken keine große Hilfe, aber wer konnte es ihm verdenken? Ich ging nicht in Richtung Ausgang, sondern schaute mich zunächst einmal genau um. Sehen konnte ich jetzt. Dazu brauchte ich nicht die noch weiter schwelenden Fackeln, denn das türkisfarbene Licht leuchtete dieses unheimliche Verlies voll und ganz aus. Zum erstenmal sah ich die Wände.

Schwach nur waren die Malereien zu erkennen. Sie alle zeigten das Motiv des Todes, des Begräbnisses, wie ein hoher

Herrscher oder Pharao zu Grabe getragen wurde und man ihm die Totenbarke bereitete, die ihn über den großen Strom bringen sollte. Helfer schleppten die Grabbeigaben herbei und stellten sie ab.

Wächter bewachten die Barke, ein Sarkophag wurde von dunkelhäutigen, nur mit Lendenschurzen bekleideten Dienern herbeigetragen und auf der Barke abgestellt.

Das alles sah ich, nur Per-nio blieb meinen Blicken verborgen.

Solange ich nicht wußte, ob er auch vernichtet war, wollte ich diese Grabkammer nicht verlassen. Dabei gab es zwei Möglichkeiten. Entweder war er von der Macht des Osiris vernichtet worden, oder er hielt sich verborgen.

Ich tippte auf das zweite.

Dabei mußte ich auch an die Waffen denken, mit denen Per-nio ausgerüstet war. Die Schlange und der seltsame Dolch waren beide für uns lebensgefährlich.

»Sie kennen das Grab, Professor«, flüsterte ich Barkley zu. »Wo gibt es noch Verstecke?«

»Ich weiß es nicht genau.«

»Mann, denken Sie nach.«

»Vielleicht an der Scheintür.«

»Existiert die hier auch?«

»Ja.«

»Ich dachte, so etwas gäbe es nur in den großen Pharaonen-Gräbern.«

»Nein. Sie dürfen nicht vergessen, daß Per-nio ein Hohepriester war und eine dementsprechende Macht besaß.«

»Aber nicht göttergleich?«

»Dicht darunter.«

Bevor wir zu der Scheintür gingen, wollte ich noch nach etwas schauen. Ich hatte kurz vor dem Eingreifen des Osiris im Schacht eine alte Feindin von mir erkannt.

Bastet, die Katzen-Göttin!

Hatte sie sich zurückgezogen, wie damals im Haus des Tierfängers, oder war sie noch dageblieben?*

Noch einmal ging ich zurück und warf einen vorsichtigen Blick in den Schacht.

Er war nicht mehr so dunkel. Die Schwärze hatte sich aufgehellt, und ich glaubte auch, die Luft in ihr regelrecht brodeln zu sehen. Da existierten Wolken, und schemenhaft erkannte ich die Umrisse der Katzen-Göttin. Allerdings kam sie nicht hoch, wahrscheinlich wurde sie von der Magie des Osiris zurückgehalten.

Das war gut so.

Ich nahm das Kreuz in die Hand, behielt die Kette aber um den Hals und schaute mir das Kreuz noch einmal sehr genau an.

Da strahlte das Allsehende Auge, und noch ein Auge war ausgeleuchtet. Das des Horus.

Er wachte über uns. Zusammen mit Osiris hoffte ich, daß er die Kraft besaß, unsere Gegner zu vernichten. Bastet jedenfalls war gebannt worden.

»Kommen Sie, Sinclair!«

Der Professor stand geduckt da und winkte mir zu. Wir verschwanden im Hintergrund der Grabkammer, und ich sah erst jetzt die kleine Nische in einem Winkel der Wand, in den wir hineintauchen konnten.

Auch bis hierher reichte der Widerschein des magischen Lichts. Wir standen vor einer Tür, die das Ende eines sehr kurzen und schmalen Ganges bildete.

»Das ist die Scheintür.«

*Siehe John Sinclair Nr. 288: »Die Katzen-Göttin.«

»Und?«

»Was dahinter ist, weiß ich nicht.«

»Kann man sie aufbrechen?«

»Ja. Sogar sehr leicht, denn sie sollte Grabräuber in die Irre führen. Oder in den Tod.«

Ich runzelte die Stirn und dachte darüber nach, was ich von den Scheintüren wußte. Sie enthielten zumeist Fallen für Grabräuber. Mit allem mußten wir rechnen, und ich bekam ein ungutes Gefühl. Normalerweise hätte ich nicht versucht, die Tür aufzuziehen, aber ich wollte Per-nio haben, und da war mir jedes Mittel recht. Mein Blick glitt über die Tür. Eine Klinke, wie wir sie kannten, sah ich nicht und bekam auch gleich vom Professor die Erklärung.

»Es gibt zumeist einen geheimen Mechanismus, durch den sich die Tür öffnen läßt.«

»Und wo ist er?«

Barkley bückte sich und schaute angestrengt nach, während er murmelte: »Meist ist er ziemlich leicht zu finden, man wollte ja die Grabräuber auf eine falsche Spur locken.« Der Mann tastete mit seinen Händen über das Mauerwerk. Ich stand hinter ihm, schaute auf die Tür und drehte mich auch, weil ich gern wußte, was in meinem Rücken geschah, denn ich wollte keinen heimtückischen Angriff erleben.

Nach wie vor herrschte Ruhe innerhalb des großen Grabes. Sie kam mir trügerisch vor, und ich konnte nicht vermeiden, daß ein Schauer über meinen Rücken lief.

»Wie sieht es aus, Professor?«

»Moment, ich . . .« Er murmelte etwas, dann rief er: »Ja, Sinclair, jetzt habe ich es!« In seiner hockenden Haltung bewegte sich der Wissenschaftler ein wenig zurück, ließ seinen Arm ausgestreckt und sagte: »Ein kleiner Hebel nur. Aus Holz sogar. Jetzt . . .«

Er hatte ihn bewegt, kam wieder in die Höhe, und wie auch ich schaute er zu, was mit der Tür geschah.

Nach innen schwang sie.

Dabei schrammte sie mit dem Unterteil über den Boden, wo allerlei kleine Steine lagen und sich auch Staub angesammelnt hatte, so daß wir kratzende und knirschende Geräusche vernahmen, die auf unseren Rücken eine Gänsehaut erzeugten.

Vor den Fallen hatte mich der Professor gewarnt. Ich war gespannt, welche Falle man in dieser Grabkammer für uns aufgebaut hatte. Der Professor stand vor mir. Seine Arme hatte er ausgebreitet. So wollte er mir dokumentieren, daß ich zurückbleiben und erst einmal abwarten sollte.

»Vorsichtig, Sinclair! Wir dürfen noch nicht hineingehen!«

Aber hineinschauen konnte ich.

Das Licht durchdrang auch diese Dunkelheit. Es machte den Raum vor uns geheimnisvoll und gleichzeitig unheimlich, denn wir sahen in einer Ecke die Umrisse eines Sarkophags. Die Höhe dieser Schein-Grabkammer war nur zu schätzen, denn die Decke verschwand hoch oben in der Finsternis.

»Ich versuche es«, wisperte der Professor. »Aber halten Sie mich fest, damit Sie mich sofort zurückziehen können.«

»Soll ich nicht lieber . . .«

»Nein, nein, lassen Sie mich! Das geht schon klar.« Barkley war von seinem Forscherdrang erfaßt worden, drückte Arm und Hand nach hinten, um mir die Finger zu reichen.

Ich umfaßte sie und stellte fest, daß auch der Professor nervös war. Seine Hand war nicht nur schweißnaß, sie zitterte auch, das merkte ich sehr deutlich.

Behutsam schob er seinen rechten Fuß vor, erreichte die Schwelle und zog das linke Bein nach.

Ich machte die Bewegung mit, sah den Professor auf der Schwelle, und er tat den nächsten Schritt.

Da passierte es.

Plötzlich hörte ich das Pfeifen über uns, und auch der Professor hatte es vernommen.

»Zurück!« brüllte er.

Es hätte dieser Warnung nicht mehr bedurft, denn mich hatte das Geräusch ebenfalls gewarnt, und ich riß den Professor hastig zurück.

Das Verhängnis kam schräg aus der Luft. Von der linken Seite her wuchtete es pfeifend nach unten. Zuerst sah ich nur einen Schatten, der vorbeihuschte und im nächsten Augenblick wieder zurückpendelte.

Es war ein steinernes Pendel, breit wie ein Männerarm, und in der Krümmung war es mörderisch scharf geschliffen.

Diese Waffe hätte den Professor auf schreckliche Weise getötet. Wahrscheinlich den Kopf gespalten oder vom Körper getrennt.

Barkley zitterte. Er drückt sich an mich, drehte den Kopf. Sein Gesicht war bleich, vom Angstschweiß bedeckt.

»Meine Güte«, hauchte er. »Das war im letzten Augenblick. Aber ich wußte, daß die Erbauer Fallen gelegt hatten.« Er verstummte. Auch ich sagte nichts mehr, sondern schaute nach vorn und lauschte den furchteinflößenden Geräuschen, die das Pendel verursachte, weil es weiterhin von einer Seite zur anderen schwang und noch längst nicht zur Ruhe gekommen war.

»Per-nio ist nicht da«, erklärte James Barkley, als er seinen ersten Schrecken überwunden hatte.

»Das möchte ich nicht unterstreichen«, erwiderte ich.

»Wieso?«

Ich deutete in das Innere des Verlieses und auch auf den

Sarkophag. »Er kann sich dort verborgen halten.«

»Meinen Sie?«

»Möglich.«

»Dann müßten wir nachschauen, Mr. Sinclair.«

Ich schüttelte den Kopf. »Das könnte ich doch übernehmen. Vorausgesetzt, daß wir auf keine Falle mehr treffen.«

»Im Prinzip nicht. Die Gräber sind zumeist nur mit einer Falle ausgerüstet worden.«

»Dann versuche ich es mal.« Bevor ich ging, hielt ich das allmählich ausschwingende Pendel endgültig an und drückte mich an dem scharfen Halbkreis der Schneide vorbei.

Abermals betrat ich eine anderen Welt. Eine gefährliche, düstere Grabkammer, die eine sehr hohe Decke besaß, so daß ich mir schon vorkam wie in einem Schacht. Der Boden war mit großen, viereckigen Quadern bedeckt. Sie lagen fugendicht nebeneinander. Ich hielt den Blick gesenkt, weil ich auch an eine Falltür dachte, doch das Pendel hatte gereicht, eine weitere Falle schien nicht mehr zu lauern.

Aber der Professor wollte nicht mehr im Gang bleiben. Ich hörte seine flüsternde Stimme. »Warten Sie, Sinclair, ich komme? Der Deckel wird schwer sein, den schaffen Sie wahrscheinlich nicht allein.«

Ich drehte mich um. Nur noch zwei Schritte trennten mich von dem Sarkophag. Soeben schob sich Barkley an dem leicht zitternden Steinpendel vorbei, um die Kammer zu betreten.

Da geschah es.

Über mir vernahm ich das Knirschen. Es war ein unangenehmes, gänsehauterzeugendes Geräusch, das mir noch in derselben Sekunde, als ich es vernahm, Angst machte.

James Barkles schien es nicht gehört zu haben, er tat jedenfalls nichts, sondern schritt weiter.

»Professor!«

Mein Warnruf erreichte ihn.

Genau in dem Moment, als das Knirschen anschwoll, lauter wurde und in ein Krachen überging.

Es drang von der Decke.

Sie war sehr hoch, lag im Dunkeln und ...

Ich huschte zur Seite, preßte mich gegen die Wand, sah den Staub und dann den gewaltigen Schatten.

Erst jetzt schaute der Professor auf.

In der nächsten Sekunde blickte ich in sein Gesicht. Es war ein zufälliger Blick, und ich sah auf seinen Zügen den Schrekken und das Wissen, daß er verloren war.

Aus dem Schatten wurde ein Stein.

Riesig, gewaltig und kugelrund.

Ein höllisches Instrument, das die Hälfte der Kammer sicherlich ausfüllte.

James Barkley schrie verzweifelt. Er warf sich noch zurück, riß seine Arme hoch, und ich konnte ihn plötzlich nicht mehr sehen, weil der Schatten mein Blickfeld ausfüllte.

Barkleys Schrei brach ab.

Tonnenschwer stürzte das Gestein zu Boden, preßte den Mann zusammen, und ich hörte nur noch das gewaltige Krachen und Donnern, als würde der gesamte Grabkomplex auseinandergerissen.

Staub wallte in die Höhe. Die Sicht wurde vernebelt. Der Boden zitterte nach. Ich hustete und keuchte. Tränen schossen durch die Staubreizung in meine Augen, sehen konnte ich so gut wie nichts. Mein Herz klopfte überlaut, und ich krampfte die Hände zusammen.

Allmählich trat Ruhe ein. Der Stein zitterte und bewegte sich noch. Schließlich lag er still.

Endgültig ...

Auch der Staub senkte sich. Ein feiner Schleier blieb, durchdrungen von einem türkisfarbenen Lichtschein, der die dunstige Dunkelheit soweit erhellte, daß ich sehen konnte.

Da lag der Stein.

Und er war größer als ich. Ein gewaltiger, kugelrunder, glatter Klotz. Er paßte genau zwischen Eingang und der hinteren Wandseite dieser gefährlichen Schreckenskammer.

Von Professor Barkley sah ich nichts mehr. Der Stein hatte ihn voll unter sich begraben. So war dieser Mann einen schrecklichen Tod gestorben. Er hatte zahlreiche Gräber geöffnet, wußte um die Fallen, doch dieses eine Grab hier war ihm zum Verhängnis geworden. Die doppelte Falle hatte er leider nicht durchschauen können.

Auch mich hatte der Schock geroffen. Nur allmählich ließ er nach. Am gesamten Körper zitterte ich, so daß ich mich gewaltsam zur Ruhe zwingen mußte.

Osiris hatte mich beschützt, aber nicht den Professor. Dieser Gott legte seine Hand nicht über Menschen, die andere Gräber aufbrachen. Das war mir inzwischen klargeworden.

Die ersten Schritte, die ich vorging, waren sehr zögernd. Ich schaute mir den Stein aus der Nähe an, sah auch nach unten und entdeckte die bleichen Finger seiner Hand.

Ein schauriges Bild, das mich bis tief in meinem Innern packte und auch entsetzte. Obwohl ich mir keinerlei Vorwürfe zu machen brauchte, tat ich es dennoch. Vielleicht hätte ich ihn nicht gehen lassen sollen, aber Barkley war ein Fachmann gewesen, er hatte schließlich zahlreiche Gräber geöffnet und untersucht.

Es war wieder Ruhe eingekehrt, auch der Staub senkte sich dem Boden entgegen. Mein Blick wurde freier, das türkisfarbene Leuchten umwaberte mich, und ich vernahm ein kratzendes Geräusch. Ähnlich wie das, das die Geheimtür verursacht hatte, als sie über den Boden schleifte.

Es drang nicht von der Tür her, sondern aus einer anderen Richtung. Dort genau stand der Sarkophag.

Dessen Deckel bewegte sich. Schabend fuhr er zurück, kratzte dabei über das Unterteil und gab eine Lücke frei.

Ich ahnte, wer aus dem Sarkophag steigen würde und hatte mich nicht getäuscht.

Per-nio kam!

Die Lücke war inzwischen groß genug geworden, um ihn entlassen zu können. Beinahe majestätisch drückte der Hohepriester seinen Oberkörper aus dem Steinsarg, stellte sich aufrecht und verließ die freiwillig gewählte Grabstätte.

Er hatte sich nicht verändert und auch der Magie des Gottes Osiris widerstehen können. Seine Waffen hielt er ebenfalls fest. Rechts den Dolch, links die gefährliche Schlange.

Er blieb neben seinem Sarkophag stehen. Zwischen uns befand sich die große Kugel, aber Per-nio hatte sich so aufgebaut, daß er mich trotz des Hindernisses sehen konnte.

»Es ist noch nichts entschieden, John Sinclair«, sagte er. Mit diesen Worten hatte er tatsächlich ins Schwarze getroffen. Nein, es war nichts entschieden. Der große Kampf stand uns beiden noch bevor. Und ich wußte nicht, ob ich Sieger bleiben würde. Das konnte ich kaum beeinflussen. Ich war Gefangener einer fremden Mythologie und mußte darauf hoffen, daß mir die anderen halfen.

Wieder einmal . . .

»Washalb hast du ihn getötet?« fragte ich Per-nio.

»Ich habe ihn nicht getötet. Er war ein Grabräuber. Und wir haben für diese Menschen damals Fallen errichtet, die auch heute noch funktionieren. Ich wollte in meinem Grab bewußt zwei Fallen haben. Der ersten konntet ihr entgehen, der zweiten nicht. Leider hat es dich nicht erwischt. So werde ich es sein, der dich tötet.«

»Willst du dich gegen Osiris stellen?«

Per-nio lachte nur. »Wieso soll ich mich gegen ihn stellen?«

»Ich stehe unter Osiris' Schutz. Und auch das Auge des Horus wacht über mich!«

»Das sehe ich. Aber es behindert mich nicht. In diesem Grab bin ich der Herr. Andere Götter haben hier nichts mehr zu suchen, obgleich ich ihnen einmal gedient habe. Sie müssen tun, was ich will, und wenn dich der Stein nicht getötet hat, werden meine Waffen dafür sorgen. Die Uraios-Schlange hat mir die Macht über das Feuer gegeben. Schon vor langer Zeit habe ich es als Waffe benutzt. Es ist nichts von der Macht verlorengegangen. Du wirst es gleich merken, John Sinclair. Dem Stein bist du entkommen, dem Feuer nicht!«

Er hatte die Worte kaum ausgesprochen, als er seinen linken Arm bewegte.

Gleichzeitig wurde auch die versteinerte Schlange wieder zum Leben erweckt. Ihr Maul öffnete sich, und der erste Feuerring schoß genau in meine Richtung ...

*

Sehr schnell tauchte ich weg. Und diesmal wurde mir der große Stein zur Rettung, denn er gab mir die nötige Deckung. Ich fiel fast zu Boden, schielte dabei noch zurück und sah den Flammenkreis an mir vorbeihuschen. Irgendwo verpuffte er.

Per-nio lachte. »Das war nur der Anfang. Ich bekomme dich noch, John Sinclair.«

Solange er redete, war er nicht gefährlich. Lautlos wechselte ich meinen Standort, geriet an die andere Seite des Steins und zog meinen Dolch.

Sofort zuckte ich in die Höhe und vernahm das abgehackte Fauchen, das aus dem Maul der Schlange drang. Sie produzierte einen Feuerring nach dem anderen.

Mindestens fünf zählte ich.

Noch hatte mich Per-nio nicht entdeckt. Als ich in sein Blickfeld geriet, schleuderte ich meinen Dolch auf ihn.

Eine magische Waffe. Geweihtes Silber und ungeheuer stark. Zahlreiche Dämonen und dämonische Wesen hatte ich damit töten können. Der silberne Blitz befand sich auf der Reise und war nicht mehr aufzuhalten.

Per-nio nahm ihn voll. Fast hätte mein Dolch noch die Schlange getroffen, so nahe wischte sie an dem Schädel des Tieres vorbei, und dann hieb die Waffe in die Brust des ägyptischen Zauberers, der von der Wucht zurückgeschleudert wurde und gegen die Wand fiel.

Der Dolch steckte in seiner mageren Brust. Nur noch der Griff schaute hervor, und die dünne Haut auf dem Gesicht des Magiers spannte sich noch stärker, als er seine Züge verzog.

Für einen Moment war er machtlos.

Diesmal griff ich an.

Weder Schlange noch Obsidiandolch konnten mich daran hindern, ich wollte den Sieg.

Plötzlich tauchte ich dicht vor ihm auf. Ich hörte seinen wütenden Schrei. Seine linke Hand zuckte. Er schleuderte mir die Schlange entgegen, das geschah so plötzlich, daß ich nicht mehr ausweichen konnte und bereits sein widerliches Triumphlachen vernahm.

Aber die Götter schützten mich. Die Schlange hätte mit ihrem Feuer meine Brust zerfressen, wäre da nicht die Magie des großen Osiris gewesen, der die Feuerschlange dicht vor dem Erreichen meines Körpers zerstörte.

Ich vernahm noch einen zischenden Laut, roch den beißenden Qualm, dann war sie verschwunden.

Diesmal lachte ich.

Und ich schmetterte mein Gelächter in das Gesicht des altägyptischen Magiers, der sich mit dem Rücken gegen die Wand preßte, meinen Dolch in der Brust stecken hatte und noch immer nicht gestorben war.

Er hielt sich aufrecht.

War er geschwächt?

»Deine Schlange hat ihre endgültige Vernichtung gefunden«, sagte ich zu ihm. »Es ist aus, vorbei. Du bist der Verlierer in diesem höllischen Spiel.«

»Nein, ich . . .«

»Osiris wird . . .«

Per-nio wollte nicht wahrhaben, daß sich in diesem Augenblick seine jahrtausendealte Existenz dem Ende zuneigte, und er versuchte es ein letztes Mal, wenn auch mit gebremster Kraft.

In seiner mageren Brust steckte mein Dolch. Sein Dolch sollte meine Brust treffen.

Er drückte den rechten Arm vor, die Spitze zielte auf mein Herz, und ich war um die berühmte Idee schneller. Bevor mich die Obsidianklinge aufspießen konnte, hatte ich das Handgelenk des Magiers gepackt und drehte es mit einem Ruck herum.

Plötzlich wies die Klingenspitze auf ihn.

Seine Augen wurden groß. Weit riß er sein Maul auf. Über die Lippen drangen seltsame, urige Laute, geboren aus einer heißen, unheimlichen Angst, denn es war allein der Obsidiandolch, der ihm diese Furcht einflößte.

Ich rammte meinen rechten Arm vor.

Kurz nur spürte ich Widerstand.

Dafür hörte ich den furchtbaren Schrei, der abrupt verstummte, als die Klinge in den mageren Hals des Mannes fuhr. Sie bohrte sich weit durch, ich spürte sogar Widerstand und wußte, daß es die Wand im Rücken des Magiers war.

So hart hatte ich zugestoßen.

Sofort ließ ich die Klinge los, denn ich merkte, daß sie ihre Farbe verändert und sich erhitzte. Mit einem nächsten Griff riß ich meinen Silberdolch aus der Brust des Per-nio und sah schon, wie er zusammensank. Kratzend fuhr die aus seinem Rücken ragende Klinge an der Wand entlang. Dieses Geräusch begleitete ihn in den Tod, denn Per-nio schaffte es nicht mehr, sich zu erheben.

Vor meinen Füßen blieb er liegen.

Vernichtet.

Und sein Körper löste sich auf, während der glühende Dolch ihn von innen her verbrannte. Eine rötliche Farbe durchzog die Gestalt, die von Sekunde zu Sekunde intensiver wurde, sogar leuchtete und auch die graubleichen Knochen des altägyptischen Magiers verbrannte.

Ich hatte ihn erledigt. Er würde niemand mehr töten können. Was vor Jahrtausenden begann, hatte hier sein Ende gefunden. Ein für allemal.

Eigentlich hätte ich jubeln können, doch da gab es noch ein Problem. Das hieß Suko.

Ich wußte, daß er sich in der Nähe befand. Wo genau er steckte, war mir leider unbekannt.

Unbehelligt verließ ich die Kammer, erreichte die Grabschächte, warf noch einen Blick hinein und fand sie leer.

Nichts war mehr von fremden Gottheiten zu sehen.

Dann war ich im Gang.

Die Fackeln schwelten nur noch. Sie waren ziemlich weit heruntergebrannt.

Trotzdem reichte ihre Helligkeit aus, damit ich in den Gang schauen konnte.

Was ich dort sah, war ungeheuerlich und ließ meine Haare zu Berge stehen ...

*

Die Göttin Bastet hatte ich bereits in ihrer Urform gesehen. Nun aber sah ich einen anderen Gott aus altägyptischer Zeit.

Anubis!

Riesig, unheimlich und mordgierig.

Ein großer Schakal, getaucht in grünes Licht und den Gang vor mir ausfüllend.

Das alles hätte mich nicht einmal so schockiert. Es war die Haltung des Totengottes. Er hatte seinen übergroßen Körper nach unten gebeugt und damit auch seinen Schädel mit dem weit aufgerissenen Maul.

Direkt vor dieser Schnauze lagen zwei Menschen.

Suko und der junge Ägypter, der aus dem Wasser des Nils gefischt worden war.

Was Anubis vorhatte, lag auf der Hand. Er wollte die beiden Menschen töten.

Fressen ...

Schakale taten dies.

»Neiiin!« Mein Schrei erreichte ihn, er hob seinen Schädel an, schaute mir ins Gesicht, wobei seine Augen zu sprühen schienen, und ich riß mir mein Kreuz vom Hals, um zur letzten Möglichkeit zu greifen.

Ich schleuderte es mit gewaltiger Wucht nach vorn.

Jetzt mußte mir Osiris noch einmal helfen!

Ich hoffte und zitterte, und ich vertraute auf diesen alten Gott, der nicht den Tod und die Vernichtung wollte.

Kontakt!

Kreuz und die Gestalt aus dem Götterreich trafen sich. Die ägyptischen Symbole auf meinem Kreuz waren aktiviert worden. Das Allsehende Auge, das Zeichen des Horus. Würden sie mir noch einmal zur Seite stehen?

Licht. Blendendes, gleißendes Licht, als hätte jemand vor mir Magnesiumfackeln angezündet. Seltsamerweise konnte ich hinschauen und erlebte eine gewaltige Auseinandersetzung.

Auf der einen Seite stand Anubis.

Auf der anderen zwei Gegner. Eine ebenso große Gestalt wie er. Männlich, aber mit einem Falkenkopf und glühenden Augen.

Horus!

Und Osiris. Gestaltlos, aber alles überstrahlend. Mächtig wie der große Sonnengott Re. Er war für mich der Schutzpatron, wie schon einmal, und Horus griff Anubis an.

Sein scharfer Schnabel hackte nach unten. Er traf den Körper des Schakals, hakte sich darin fest, so daß Anubis dem nichts entgegensetzen konnte. Die Kraft des Horus war beispiellos. Ein Vogel riß den Schakal weg, schleuderte ihn in die Höhe, und im nächsten Augenblick waren alle drei Geisterscheinungen verschwunden.

Ein dunkler Gang lag vor mir, an dessen Ende ich einen hellen Ausschnitt sah.

Und dazwischen lagen zwei lebende Menschen.

Suko und der junge Ägypter.

Wir hatten es mal wieder geschafft!

*

Beide erholten sich schnell. Da allerdings saßen sie bereits vor dem Grabmal. Ich hatte sie hinausgeschafft und mit den Rücken gegen die Mauer gelehnt.

Natürlich wußten sie nicht, wie sie an diesen Platz gekommen waren, so daß ich erst einmal erzählen mußte.

Suko konnte es kaum glauben, und Ghamal auch nicht. Aber die Spuren des Kampfes gaben mir recht.

»Dann ist der Tod meines Vaters gerächt«, sagte Ghamal.

Ich stimmte ihm zu.

»Und Professor Barkley?« fragte Suko.

Ich schloß die Augen, weil die Sonne mich blendete und sagte leise: »Wir werden ihm ein ehrendes Andenken bewahren. Mehr können wir nicht für ihn tun.«

Eine halbe Stunde später befanden wir uns auf dem Weg zum Ufer, wo auch das Schlauchboot lag. Damit fuhren wir zu dritt auf dem Nil und hofften, daß uns irgend jemand auffischte.

Die Hoffnung erfüllte sich. Ein Schiff kreuzte unseren Weg, und wir wurden aus dem spritleeren und treibenden Boot an Bord geholt.

»Touristen, wie?« fragte der Kapitän.

»Ja.«

»So unvernünftig könnt nur ihr sein«, sagte der Mann. »Sich mit einem solchen Boot auf einem gefährlichen Fluß herumzutreiben.«

Im Prinzip hatte der Mann recht. Aber was sollten wir machen? Manchmal stellt das Schicksal seine Weichen eben sehr krumm ...

ENDE

Die Programm-Alternative: Bastei-Lübbe-Paperback

Band 28 118

Stephen King

Christine

Deutsche Erstveröffentlichung

Stephen King ist mit seinen unheimlichen Romanen in nur acht Jahren zu einem Phänomen geworden. Über 40 Millionen seiner Bücher wurden bisher weltweit verkauft, und es gelang ihm als bisher einzigem Autor, mit drei Büchern gleichzeitig monatelang die »New York-Times«-Bestsellerliste zu führen. Alle seine Romane wurden verfilmt, zuletzt »Christine« von Star-Regisseur John Carpenter.

»Kings Bücher sind stilistisch und sprachlich ausgefeilt und von durchaus literarischem Niveau . . . mit psychologischer Raffinesse und einem sich ständig steigernden Spannungsbarometer.«
Westdeutsche Allgemeine

BASTEI LÜBBE

Sie erhalten diesen Band im Buchhandel, bei Ihrem Zeitschriftenhändler sowie im Bahnhofsbuchhandel.